ハヤカワ・ミステリ

DAVID GOODIS

ピアニストを撃て

DOWN THERE

デイヴィッド・グーディス

真崎義博訳

TOKYO HAYAKAWA BOOKS

A HAYAKAWA
POCKET MYSTERY BOOK

DOWN THERE

(SHOOT THE PIANO PLAYER)

by

DAVID GOODIS

1956

ピアニストを撃て

装幀　勝呂　忠

登場人物

エディ……………………………………〈ハリエッツ・ハット〉のピアニスト
ハリエット……………………………同経営者
レナ………………………………………同ウェイトレス
ウォーリー・プライン（ハガー）……同用心棒
クラリス………………………………エディの隣人
フェザー
モーリス } ……………………………追っ手
クリフトン……………………………エディの長兄
ターリー………………………………エディの次兄

1

街灯もなく、あたりはまっ暗だった。フィラデルフィア、ポート・リッチモンド地区の狭い通りだ。すぐそばを流れるデラウェア川から冷たい風が吹き込み、路地裏の猫たちに暖かい地下室を探したほうがいいと語りかけている。十一月末の疾風が明かりの消えた窓を鳴らし、通りに倒れた男の目に突き刺さった。

男は縁石のそばに膝をつき、荒い息をしながら血を吐き捨て、頭にひびが入ったのではないかと本気で考えた。顔を伏せたままやみくもに走っていたので、電柱が目に入らなかったのだ。顔面から激突し、はね飛ばされて玉石の上に倒れた彼は、もう動きたくなかった。

だが、そうはいかないぞ、彼は自分に言い聞かせた。立ち上がって走りつづけなければならない。

男はふらふらと立ち上がった。頭の左側に大きなこぶができ、左目と頬骨のまわりが腫れ、電柱にぶつかったときに噛んだ頬の内側から血が出ている。どんな顔になったかと想像し、無理に笑って独り言を言った。なんてざまだ、まったく大した体調だ。だが、何とかなる、こう呟いてまた走り出すと、ヘッドライトが角を曲がってきた。男はスピードを上げた。すると車はますますスピードを上げ、エンジンの音が迫ってきた。

ヘッドライトに照らされ、路地の入り口が浮かび上がった。男は進路を変えて路地に飛び込み、まっすぐ進んで別の狭い通りへ出た。

たぶんこれがそうだ、彼は思った。これが目指す通りだ。いや、おまえは運のいいほうだが、そこまでいいわけじゃない。その通りを探し当て、エディの働く酒場〈ハリエッツ・ハット〉の電飾の看板を見つけるまでには、もうしばらく走りつづけなければならないだろう。

男は走りつづけた。ブロックの端まで来ると左右に目をやり、そのまま走って次の通りへ出ると、看板の明かりを探して暗闇に目を凝らした。あそこへ行かなくては。あいつらに追いつかれないうちに、エディのところへたどり着かなければ。それにしても、もっとこの辺の土地勘があればいいんだが。これほど寒くて暗くなければいいんだが。徒歩で移動できるような夜ではない。とくに逃げているときは、彼はそう付け加えた。二人のプロフェッショナルが乗った、猛スピードのビュイックから逃げているときは。しかもその二人は一流の仕事人、その筋のエキスパートだ。

次の交差点に出て通りを見渡すと、その先の角に居酒屋の看板からこぼれるオレンジ色の光があった。看板は旧式で、ネオンサインではなく電球を並べたものだ。電球のいくつかがなくなっているので、文字が判読しにくい。だが、どんな旅人にもここが酒場だということを教える程度には残っていた。それが〈ハリエッツ・ハット〉だった。

男はゆっくりと歩いていた。ほとんどよろめくように酒場に向かって歩いていた。頭はずきずきと痛み、弱った肺は凍りつくような感じなのか、焼けつくような感じなのか、自分でもよくわからなかった。そして何より悪いことに、重い足がますます重くなって今にも膝をつきそうだった。だが、それでも彼はふらふらと歩きつづけた。少し、また少し、じわじわと看板に近づき、やっと側面の入り口に立った。

男はドアを開け、〈ハリエッツ・ハット〉に足を踏み入れた。かなり広い店で天井が高く、少なくとも三十年は時代遅れだった。ジュークボックスもテレビもない。壁紙がところどころたるみ、剝がれている部分もある。椅子やテーブルにはつやがなく、カウンターのレールの真鍮も輝きを失っていた。カウンターのうしろの鏡の上には色あせてすり切れた写真が飾られ、ヘルメットをかぶって笑顔で大空を見上げる若いパイロットが写っていた。〝ラッキー・リンディ〟というタイトルがついている。横のもう一枚は、冷静な技巧派タニーに身を低くして接近するデンプシーの写真だ。カウンターの左端近くの壁には、百五十周年記念日のころにフィラデルフィア市長だったケンドリックの額縁入りの絵が掛かっている。

カウンターでは、金曜日の夜を楽しむ客の群れが三重、四重の人垣を作ってひしめき合っていた。ほとんどの客はワークパンツと厚底のワークシューズを身につけている。なかにはかなり歳をとった連中もいて、まっ白な髪としわだらけの顔で仲間同士テーブルを囲んでいる。それでも、ビール・ジョッキやショット・グラスを持ち上げる手が震えることはない。〈ハット〉のどの常連客にも負けずにグラスを持ち上げることができるし、しゃんと背筋を伸ばして堂々と飲んでいる姿は、まるでタウン・ミーティングでの長老たちのようだ。

店はまさに満員だった。テーブルは満席で、足を引きずった新参者のための席はひとつも空いていなかった。

だが、足を引きずる男は席を探しているわけではなかった。ピアノを探していたのだ。ピアノから流れ出る音は聞こえるが、楽器は見えなかった。たちこめるタバコの煙と酒の臭いで、すべてがぼんやりと霞んで見える。それとも、原因はおれかもしれない、彼は思った。たぶん、へとへとになったおれは今にも気を失いそうなのだろう。

男は進んだ。ピアノの音に向かって、テーブルのあいだをよろよろと歩いていった。誰ひとり男に注意を払わず、彼が躓いて倒れても見向きもしなかった。金曜の夜の十二時二十分ともなると、〈ハリエッツ・ハット〉ではたいていの客が大いに盛り上がっているか酔いつぶれているかのどちらかだ。彼らは一週間身を粉にして働いた、ポート・リッチモンド製材所の労働者たちだ。グラスを重ねてきつい仕事を忘れ、〈ハット〉の壁の向こうにあるあまりに現実的で味気ない問題から目をそらすためにやって来る。おがくずだらけの床からゆっくりと立ち上がり、痣のある顔と血のついた口でにやにや笑いながら、突っ立ったまま「よし、音楽が聞こえる。だが、ピアノはどこにあるんだ?」と呟いている男の姿など、誰の目にも入らなかった。

やがて男はまたよろよろと歩きはじめ、壁ぎわに高く積み上げられたビール・ケースにぶつかった。ピラミッドのように積み上げられた箱に沿って、彼は手探りで進んでいった。段ボールのビール・ケースを伝っていくと、とうとう箱がなくなってまた転びそうになった。転ばなかったのは、ピアノが目に入ったからだ。さらに言えば、やや前屈みになって円形のストゥールに腰掛け、どこか遠くを見るような目をしてかすかな笑みを浮かべているピアニストが目に入ったからだ。

顔に痣を作って足を引きずる男、背が高く、肩幅が広く、黄色いもじゃもじゃ頭をしたその男はピアノに歩み寄った。ミュージシャンのうしろに立つと、その肩に手を置いて声をかけた。「よう、エディ」

ミュージシャンからは何の反応もなかった。男が肉付きのよい手に力をこめたが、その肩は微動だにしなかった。男は考えた、まるで心ここにあらずだ。おれの手に気づきもせず、音楽に没頭している。邪魔をするのは気の毒だが、この状況ではやむを得ない。

「エディ」今度はやや大きな声を出した。「おれだ、エディ」

リズムを乱すこともなく、音楽はつづいた。それは穏やかでゆったりとしたリズムだった。何も問題はない、と言っているような、どこか憂いを帯びて夢想的な心地よい音の流れだ。

「おれだ」男はミュージシャンの肩を揺すった。「ターリーだ。おまえの兄貴、ターリーだ」

ミュージシャンは音楽を奏でつづけていた。ターリーはため息をつき、ゆっくりと首を振った。彼は思った、こいつには聞こえない。まるで雲のなかにいるようだ、こいつを動かせるものは何もない。

だが、そのとき曲が終わった。ミュージシャンはおもむろに振り返り、男を見つめて言った。「よう、ターリー！」

「おまえはまったく素っ気ないやつだな」ターリーが言った。「六、七年も会っていないんだぜ。まるで、おれがちょっとその辺を散歩して帰ってきたとでもいうような顔をしている！」

「何かにぶつかったのか？」ミュージシャンは、痣のできた顔と血のついた口をまじまじと見て優しく訊いた。

近くのテーブルにいた女が席を立ち、女性用と書かれたドアに向かってまっすぐ歩いていった。ターリーは空いた椅子に目を留め、それをつかむとピアノの横に引き寄せて腰を下ろした。テーブルにいる男が怒鳴った。「おい、おまえ、その椅子は使ってるんだ」ターリーは男に言った。

「落ち着けよ。おれが肢体不自由者なのがわからないのか？」彼はミュージシャンに向き直り、またにやにやした。

「ああ、ぶつかったんだ。道が暗くて、電柱にぶつかっちまった！」

「誰に追われているんだ？」

「警察じゃないぞ、もしそう考えてるならな」

「おれは何も考えてない」ミュージシャンは言った。中背でやせ気味、歳は三十代前半というところだ。淡々とした表情でじっと坐っている。

感じのよい顔をしていた。深いしわもなく、かげりもなかった。目は落ち着いた灰色で、優しく穏やかな口元をしている。ライトブラウンの髪は、手櫛を使ったようにざっと整えられている。シャツのカラーを開け、ネクタイは締めていない。しわだらけで継ぎの当たったジャケットを着て、これも継ぎの当たったズボンを穿いていた。服は時代遅れで、カレンダーや男性向けのファッション記事には関心がないらしい。フルネームはエドワード・ウェブスター・リン、唯一の職業は、この〈ハリエッツ・ハット〉で週六日午後九時から午前二時までピアノを弾くことだ。週給は三十ドル、チップを加えると三十五ドルから四十ドルの稼ぎになる。生活するだけならおつりがきた。独身で、車は持っていないし借金もない。

「まあいい、とにかく」ターリーが言った。「警察じゃない。警察だったら、おまえを巻き込んだりしない」

「だからここへ来たのか？」エディは穏やかに訊いた。「おれを何かに巻き込もうと思ってるのか？」

ターリーは答えなかった。首を少し回してミュージシャンから目をそらした。不安で顔を曇らせ、話したいことはあるがなかなか切り出せないというような顔だ。

「そいつは無理だ」エディが言った。

ターリーはため息をついた。が、すぐに笑みが戻った。

「わかった。ところで、調子はどうだ？」

「元気でやってる」

「困ってることは？」

「ない。何もかもうまくいっている」

「金のことも？」

「なんとか生活はできる」エディは肩をすくめたが、その目がやや鋭くなった。

ターリーはまたため息をついた。

「すまん、タール、だが、どうしてもだめだ」エディは言った。

「だが、聞いてくれ――」

「だめだ」エディは静かに言った。「それが何にしろ、おれを巻き込まないでくれ」

「頼むよ、せめて――」

「家族はどうしてる？」エディが訊いた。

「家族？」ターリーは戸惑ったが、すぐにその意味を理解した。「ああ、みんな元気だ。親父もお袋も――」

「クリフトンは？　クリフトンはどうだ？」もうひとりの兄、いちばん上の兄のことを訊いた。


ターリーの笑みが広がった。「そうだな、クリフトンのことならわかってるだろう。クリフトンは今も頑張ってる――」

「調子がいいのか？」

ターリーは答えなかった。相変わらずににやにやしているが、いくらか弱々しい笑みに変わったように見える。彼はすぐに言った。「おまえが家を出てからずいぶん経つな。みんな寂しがってるぞ」

エディは肩をすくめた。

「本当だ、いつもおまえの話が出る」

エディは兄のうしろに目をやった。口のあたりにあいまいな笑みが漂っている。彼は何も言わなかった。

「何といっても」ターリーが言った。「おまえは家族の一員なんだ。誰も出ていけとは言わなかった。いつでも帰ってきたらいいということだ。つまり――」

「どうしてここにいることがわかった？」

「実はわからなかったんだ。最初はな。そのうちに、最後にもらった手紙にここの名前が書いてあったことを思い出

「まだここにいるんじゃないかと思った。とにかく、いればいいと思った。今日ダウンタウンにいたんで、電話帳で住所を調べた——」

「今日？」

「今夜、という意味だ。つまり——」

「つまり、厄介なことになったのでおれを捜したというわけだ。ちがうか？」

ターリーはまた目をしばたたいた。「そんなに怒るなよ」

「怒ってなんかいない」

「ひどく怒ってるくせに、おまえはそれを隠してる」ターリーはまたにやにやしはじめた。「都会で暮らすうちにそんな芸当を覚えたんだろう。おれたち地方の人間、サウス・ジャージーの田舎者にはそんなふざけた真似はできない。おれたちはいつだって、全部のカードを曝すことにしてるんだ」

エディは何も言わなかった。意味もなく鍵盤に目をやり、それを二つ三つ鳴らした。


「困ったことになった」ターリーが言った。

エディは弾きつづけた。それは高音の曲で、軽く鍵盤に触れるようなその指先が、軽快な小川のせせらぎのようなメロディを奏でている。

ターリーは姿勢を変えた。あたりを見回し、正面のドア、側面のドア、裏口に通じるドアに素早く目を配った。

「きれいな曲を聴きたいか？」エディが言った。「この曲を聴いてくれ——」

鍵盤を叩く指をターリーの手が押さえた。不協和音が響き、ターリーのいくぶんかすれた切迫したような声がそれに重なった。「助けてくれ、エディ。本当に困ってるんだ。いやとは言えないはずだ」

「だが、巻き込まれるのも困る」

「おれを信用してくれ、巻き込んだりするものか。朝までおまえの部屋に置いてくれればいい」

「置いてくれ、じゃないだろ？　かくまってくれ、ということだ」

ターリーはまた大きなため息をついた。そして頷いた。

「誰からかくまってほしいんだ?」

「二人のトラブル・メーカーだ」

「本当か? 本当にそいつらがトラブルを起こしたのか? 兄さんのほうが起こしたんだろう」

「いや、やつらのほうだ。今日はずっと悩まされていたんだ」

「その話から聞こう。どんなふうに悩まされているんだ?」

「つけられている。ドック通りを出たときから、ずっとつきまとわれている——」

「ドック通り?」エディはかすかに眉をひそめた。「ドック通りで何をしていたんだ?」

「それは——」ターリーは口ごもり、ぐっとつばを飲み込んでからドック通りには触れずにまくし立てた。「いいかげんにしろ、無理を言ってるわけじゃない。今夜、泊めてくれればいいんだ——」

「やめろ」エディは言った。「ドック通りの話に戻ろう」

「勘弁してくれよ——」

「それに、もうひとつ」エディはつづけた。「このフィラデルフィアで何をしているんだ?」

「仕事だ」

「どんな?」

質問が耳に入らなかったようだ。ターリーは深く息をついた。「何か妙だと思った。次に、その二人があとをつけているのに気づいた。そのうえ、困ったことに有り金をぜんぶなくした。デラウェア・アヴェニューの安食堂で財布をすられたんだ。それさえなければ、乗り物に乗れたんだが。少なくとも、タクシーで街から出られた。だが、実際には小銭しか残っていなかった。だから路面電車に乗ったんだが、そのたびにやつらが真新しいビュイックで追ってきた。おれにとっては、本当にひどい金曜日だった。スリに遭っただけでも大変なのに、よりによってそんな日に——」

「まだ話してないことがあるだろ」

「あとで説明する。今は時間がない」

ターリーはそう言いながら、もう一度通りに面したドアに顔を向けた。ぶつけた顔の左側にうっかり手を触れ、痛みに顔をゆがめた。そしてまためまいに襲われて表情を和らげ、まるで椅子に車がついてでこぼこ道を走りはじめたかのように、からだを左右に揺らした。「この床はどうなってるんだ?」彼は目を半分閉じて呟いた。「床の修理もできないのか? 椅子がまっすぐに立たないじゃないか」

ターリーは椅子から滑り落ちそうになった。エディがその肩をつかんで支えた。

「大丈夫だ」エディは言った。「安心しろ」

「安心だと?」ターリーは不明瞭な声で言った。「誰が安心したいと言った?」ターリーは弱々しく腕を振り回し、混雑したカウンターや満席のテーブルを示した。「楽しんでる連中を見ろよ。何でおれが楽しんじゃいけないんだ? 何でおれが――」

まずい、エディは思った。予想以上に悪い。頭をかなりひどくやられたようだ。すべきことは――

「彼、どうしたの?」声が聞こえた。

目を上げると、〈ハット〉の経営者ハリエットだった。

彼女は四十代半ばの太った女だ。漂白したブロンドの髪に、突き出た胸と巨大な尻をしている。太っている割にウエストはいくらか細い。顔立ちはスラブ系で、ゆるやかな低いカーヴを描く幅の広い鼻と何ものにも動じないブルー・グレイの目をしていた。その目はこう言っているようだ。あたしの店で飲むなら、ちゃんと金を払ってよ。二流の詐欺師やいかさま師、寄生虫にペテン師にただ酒飲み、そういう連中を相手にする暇はないんだから。ちょっとでもごまかそうとしたら、入れ歯を入れることになるからね。

ターリーはまた椅子から滑り落ちそうになった。横向きに倒れかけた彼を、ハリエットが受け止めた。太った手でターリーの腋の下をしっかりと支え、頭のこぶを調べようと身をかがめた。

「ひどい怪我をしているようだ」エディが言った。「ふらふらになってる。たぶん――」

「見かけほどひどくないわ」ハリエットは素っ気なく遮った。「でも、放っておいたら、もっとひどい怪我をしそうね」

ターリーはハリエットの腰に腕を回し、巨大な堅太りの尻に手を這わせた。ハリエットは背中に手を回して彼の手首をつかみ、その腕を振りほどいた。「酒のせいか、頭をぶつけたせいか、それともただ頭がおかしいだけなのか知らないけど」彼女はターリーに言い渡した。「もう一度やったら、顎に留め金具をつけなきゃならなくなるわよ。さあ、じっとして、ちょっと見せてごらん」

「おれも、ちょっと見せてもらおう」ターリーは言い、太った女が傷ついた頭を見ようとして前屈みになると、四十四インチの乳房をまじまじと見つめた。そしてまた彼女の腰に腕を回し、彼女もまたその腕を振り払った。「やられたいの？」ハリエットは大きな拳を出した。「本当にやられたいのね？」

ターリーは拳の持ち主に目を向けてにやりとした。「いつもそうさ、ブロンディ。おれは、一日中やられたがっているんだ」

「医者に診せたほうがいいだろうか？」エディが訊いた。

「でっかい看護婦で我慢しておこう」ターリーは言い、ばかのように締まりのない笑みを浮かべた。そして、「おい、誰かどこだ？　というようにあたりを見回した。「おい、ここは教えてくれ。おれが知りたいのは、ただ――」

「今年が何年か、ってこと？」ハリエットが言った。「一九五六年よ。それに、この街はフィラデルフィア」

「もっと優しくしろよ」ターリーは居住まいを正した。「おれが本当に知りたいのは――」だが、彼はまるで霧に包まれたように朦朧としてきた。坐ったまま放心したように、どんよりとした目でハリエットとエディのうしろを見つめている。

ハリエットとエディはターリーに目を向け、次に顔を見合わせた。エディが言った。「このままだと担架が必要だ」

ハリエットはもう一度ターリーに目をやった。そして、最終診断を下した。「彼なら大丈夫よ。こういうのはまえに見たことがあるわ。リング上でね。ある神経をやられると、あったことを全部忘れてしまうの。そのうちいつもの調子に戻って、あとは何ともないのよ」

エディは半信半疑だった。「本当に大丈夫だと思うかい？」

「もちろんよ、彼を見てごらんなさい。頑丈なからだをしてるわ。こういう連中のことならよくわかってる。彼らはやられても平気だし、それを楽しんでいるし、もう一度やられたくて同じことをするのよ」

「そのとおりだ」ターリーが真顔で言った。彼はハリエットに目を向けずに、手だけ伸ばして握手しようとしたが、すぐに思い直して別のほうへ向けた。ハリエットは、母親が子どもをたしなめるときのように首を振った。無愛想な顔にもの言いたげな笑みが浮かんだ。物わかりのいい微笑みだ。彼女はターリーの頭に手を伸ばしてくしゃくしゃの髪をかき回し、彼に〈ハリエッツ・ハット〉が見かけほどすさんだところではなく、しばらくからだを休めて落ち着くにはいい場所だと思わせようとした。

「知り合いなの？」ハリエットがエディに訊いた。「彼、誰なの？」

答える間もなく、ターリーがまた朦朧として言った。

「向こうにあるあれ、あれを見ろよ。あれは何だ？」ハリエットはいくぶん冷静な口調でなだめるように言った。「何のこと？　どこ？」

ターリーは腕を上げた。指さそうとしている。かなり苦労してやっと狙いを定めた。

「ウェイトレスのこと？」ハリエットが訊いた。

ターリーは答えられなかった。部屋の向こうにいるブルネットの顔とからだに、目を釘付けにしている。彼女はエプロンをつけてトレイを運んでいた。

「本当に気に入ったの？」ハリエットが訊いた。ターリーの髪をまたくしゃくしゃにし、エディに目配せした。

「気に入ったかって？」ターリーが言った。「あんなのをずっと探していたんだ。おれの好みだ。知り合いになりたい。何て名前だ？」

「レナよ」

「彼女は素晴らしい」ターリーは手をこすりあわせた。「実に素晴らしい」

「だったら、どうするつもり？」ハリエットは真面目な話だというように穏やかに訊いた。

「五十セントあれば充分だ」ターリーの口調は一本調子で機械のようだった。

「おれに一杯、彼女に一杯。それでうまくいく」

「確かにそのとおりね」ハリエットは混雑した〈ハット〉の向こうにいるウェイトレスに目を据え、大真面目に、むしろ自分に言い聞かせるように言った。そして、ターリーに顔を向けた。「今でも相当ひどい目に遭ったと思ってるだろうけど、彼女にちょっかいを出そうものなら、それこそ本当にひどい目に遭うわよ」

ハリエットはエディに目を向け、彼が口を開くのを待った。だが、エディは何も言わず、鍵盤に向かった。顔には曖昧で無関心な笑みが浮かんでいるだけだった。

ターリーは、もっとよく見ようと立ち上がった。「名前は、何だって?」

「レナよ」

「そうか、レナか」ターリーは唇をゆっくり動かして言った。

「まったく頭痛の種よ」ハリエットが言った。「いいこと、腰を下ろして。見るのをやめなさいよ」

ターリーは腰を下ろしたが、レナからは目を離さなかった。「何で頭痛の種なんだ?」彼は興味を示した。「売り物でもないし、貸し出しもしない、ってことか?」

「手に入らない、ってこと。それだけ」

「結婚してるのか?」

「いいえ、結婚はしてないわ」ハリエットはゆっくりと言った。彼女の目はウェイトレスから離れなかった。

「だったら、どういうことなんだ?」ターリーはなおも知りたがった。「誰かと付き合っているのか?」

「いいえ、彼女はひとりよ。どんな男とも関わりたくないの。近づきすぎると、ハットピンをお見舞いされるわ」

「ハットピン?」

「エプロンに刺してあるの。お腹をすかせた狼がひもじさに耐え切れなくなったら、痛いところを突き刺してやるのよ」

ターリーは鼻を鳴らした。「それだけのことか?」

「いいえ、それだけじゃないわ。ハットピンはほんの手はじめに過ぎないわ。そのかわいそうな悪魔は、次に用心棒の洗礼を受けることになるのよ」

「用心棒って誰だ？　どこにいる？」

ハリエットはカウンターを指さした。

ターリーは、もうもうと立ちこめるタバコの煙を透かして目を凝らした。

「おい、ちょっと待ってくれ。どこかで写真を見たことがある。新聞に載ってた――」

「きっと、スポーツ欄ね」ハリエットの声は妙にかすれていた。「ハーリーヴィル・ハガーと呼ばれていたわ」

「そうだ、ハガーだ。思い出した。そう、今思い出した」

ハリエットはターリーを見つめた。「本当？」

「ああ、ずっとまえからプロレスのファンだった。チケットを買う金はなかったが、新聞記事は欠かさず読んでいた」ターリーはもう一度カウンターのほうを窺った。「やつだ、まちがいない。あれはハーリーヴィル・ハガーだ」

「それに、ハガーが相手を抱え込んだら、それは見せかけじゃなかったわ」ハリエットは言った。「プロレスのことを少しでも知っているなら、ベア・ハグがどれほど威力のあるものかわかってるでしょ。本物ってことよ。彼がベア・ハグで押さえ込んだら、相手は手も足も出なかったわ」そして、意味ありげに言い添えた。「今でも、そのやり方は覚えているのよ」

ターリーはまた鼻を鳴らした。用心棒からウェイトレスに視線を移し、そしてまた用心棒へ戻した。「あの腹の出た太っちょが？」

「とにかく、まだまだやれるわ。まるで、圧搾機よ」

「おれの小指をつぶすこともできないさ。おれがあの太鼓腹に一発ぶち込んでやったら、やつはひいひい言って助けを求めるだろうよ。だって、やつはただのくたびれた――」

ターリーは誰も聞いていないことに気づいた。振り向くと、ハリエットはいなかった。彼女は、カウンターのそばにある階段に向かって歩いていた。そして、首をうなだれてゆっくりと上っていった。

「どうしたんだ、彼女は？」ターリーはエディに訊いた。

「頭痛でもするのか？」

エディは鍵盤から目をそらし、階段を上っていくハリエットを見つめたが、やがて鍵盤に視線を戻すと、二つ、三つ、意味のない音を鳴らした。その音にエディの穏やかな声が重なった。「頭痛といってもいいだろうな。用心棒のことで困っているんだ。彼が、ウェイトレスにのぼせ上がっていて――」

「おれもだ」ターリーはにやりとした。

エディがまた鍵盤を叩き、コードを交えてメロディを組み立てた。「用心棒じゃ、相手が悪い。ハリエットにはわかってるんだ」

「だからどうした？」ターリーは眉をひそめた。「用心棒は彼女の何なんだ？」

「二人はいっしょに住んでる。彼は内縁の夫なんだ」

ターリーはまたぐらりと前に倒れかかり、エディにぶつかってすがりついた。エディはピアノを弾きつづけた。ターリーは手を放して椅子にもたれた。そして、エディが自分に向き直るのを待っていた。やっとエディが弾く手を止め、ターリーに顔を向けた。ターリーの顔には笑みが浮かんでいた。またもや、うつろな目をした、ばかみたいな笑みだった。

「飲み物がほしいか？」エディが訊いた。「何か飲みたいんだろう」

「飲み物はいらない」ターリーはからだを左右に揺すった。

「何がほしいか言ってやろう。おれがほしいのは情報だ。あることで、情報がほしいんだ。手伝ってくれるか？」

「何を手伝えっていうんだ？」エディはぼそっと言った。

「知りたいことって、何なんだ？」

ターリーは固く目を閉じた。やがて目を開け、閉じてまた開けた。目の前にエディが坐っていた。ターリーが言った。「ここで何をしているんだ？」

エディは肩をすくめた。

ターリーは自分で答えを用意していた。「おまえが何をしているか教えてやろう。おまえは無為に過ごしている――」

「わかった」エディは穏やかに言った。「もういい——」

「いいわけないだろ」ターリーが言った。混乱した頭から支離滅裂なことばがあふれ出した。「中古ピアノの前に坐りこんでいる。ボロを着ている。おまえが着るのは正装用のスーツのはずなのに。ネクタイも締めて、最高級のやつをな。それに、ピアノはグランド・ピアノでなくちゃ。大きなぴかぴかのグランド・ピアノ、スタインベルグに、くそっ、満席のコンサート・ホールだ。それがおまえのいるべき場所だ。おれが知りたいのは——何でそこにいないのか、ってことだ」

「あんたには本当に留め具が必要だな、タール。どうかしてるぜ」

「おれのことを分析するのはよしてくれ。自分のことを考えろよ。何でコンサート・ホールにいないんだ?」

エディは肩をすくめて聞き流した。

だが、ターリーはエディの膝に両手を叩きつけた。「何で、そこにいないんだ?」

「ここにいるからだ」エディは言った。「同時に二つの場所にいることはできないからな」

ターリーには通じなかった。「わけがわからない」ターリーはまくし立てた。「まったく理解に苦しむ。絶世の美女だというのに、恋人がいない。ずば抜けた腕を持つピアニストだというのに、新しい靴を買う金を稼ぐこともできない」

エディは笑い声を立てた。

「笑い事じゃない」ターリーは言った。「これじゃ、めちゃくちゃだ」彼は穏やかな表情をしたミュージシャンを指さし、目に見えない第三者に話しかけた。「消防署や衛生局の査察を受けてもしかたがないほど汚くてみすぼらしい店で、彼はおんぼろピアノに向かっている。床に目を向けてみろ、まだおがくずが使われている——」ターリーは両手をメガホンのようにして叫んだ。「お願いだ、せめて新しい椅子をいくつか買ってくれ——」そして、また優しい目をしたミュージシャンに話を戻した。「来る夜も来る夜もこんなところに坐っている。才能があるんだから、その十本の指には才能があふれているんだから、本来ならメジャーでトップに上りつめているはずなのに、マイナー・リーグで無為に過ごしている。彼はスターなんだ、嘘じゃない、スターのなかのスターだ――」

「落ち着け、タール――」

ターリーは興奮していた。彼は立ち上がり、また大声を上げた。「グランド・ピアノでなくちゃだめだ。他のやつらと同じように燭台を立ててな。燭台はどこだ？　ここはどうなっているんだ？　しみったれてるのか？　燭台も買えないのか？」

「おい、黙ってろ」近くにいた酔っ払いが言った。

ターリーには聞こえなかった。彼はわめきつづけ、荒々しい顔を涙が伝い落ちた。口のなかの傷が開き、唇から血が滴った。「それに、どこかまちがっている」ターリーが何者で、何を言っているのか、それを知らない聴衆に向かって言った。「――二たす二が四になることは誰でも知っているのに、それがマイナス三になるようなものだ。それはまちがっている、だから、何かしないと――」

「本当に何かしてほしいのか？」愛想のいい声がした。


用心棒だった。かつてはハーリーヴィル・ハガーとして知られ、現在この〈ハット〉では本名のウォーリー・プラインで通っているが、ファンのなかには今もなおハガーと呼ぶ者もいる。身長は五フィート九インチ、体重は二百二十ポンド。髪の毛はほとんどなく、わずかに残った髪は短く刈り込まれた縮れ毛だ。左の耳はいくぶん変形し、鼻は何度もつぶされたために、もはや鼻とは言いがたい。ぶつぶつした顔になすりつけられた、パテの塊のように見える。口のなかはブリッジだらけ、どこかの研修医が急場しのぎに縫い合わせたような不細工な傷痕が顎から鎖骨までリボンのようにつづいている。プラインは傷痕を気にしていた。シャツのボタンを上まで留め、傷をできるだけ隠そうとしていた。痛めつけられた顔のことにはひどく敏感で、誰かに間近で見つめられようものなら、からだがこわばって首がまっ赤にふくれあがった。笑わないでくれ、と目が相手に訴えた。その訴えを無視した者は、肋骨を折られてひどい内臓損傷を受けることになる。〈ハリエッツ・ハット〉における自衛のための第一法則は、用心棒を笑わないことだ。

用心棒は四十三歳だった。

彼は突っ立ったまま、ターリーを見下ろしていた。返事を待っていたのだ。ターリーは彼を見上げて言った。「何で口をはさむんだ？　おれが話してるのがわからないのか？」

「声が大きすぎる」プラインの口調はまだ愛想よく、好意的と言ってもよかった。彼は、ターリーの頬を伝う涙を見つめていた。

「大きな声を出さないと、みんなに聞こえないじゃないか」ターリーが言った。「みんなに聞いてほしいんだ」

「みんな、自分のことで手一杯だ」プラインは辛抱強く言った。「酒を飲んでいるし、邪魔されたくないんだ」

「それがまちがっている」ターリーはしゃくり上げた。「誰も邪魔されたがらない、ってことがな」

プラインは深く息をついた。「おい、誰がおまえの顔をそんな目に遭わせたか知らんが、そいつを殴り返しに行け。だが、ここでは困る。ここは平和な店だ――」

「何が言いたいんだ？」ターリーは目をまたたいて涙を払い、声を荒らげた。「誰がおれの顔を心配してくれと言った？　これはおれの顔だ。たんこぶはおれのたんこぶ、切り傷はおれの切り傷だ。あんたは自分の顔の心配をしたほうがいい」

「心配だと？」プラインはターリーのことばを反芻していた。「どういう意味だ？」

ターリーは目と唇に笑みを浮かべ、答えようとして口を開いた。だが、その笑みが顔中に広がる間もなく、彼がことばを発する間もなく、エディが割り込んでプラインに言った。「何の意味もないさ、ウォーリー。やつが混乱してるのがわからないのか？」

「おまえは黙ってろ」プラインはエディに目もくれずに言った。そして、ターリーの顔をしげしげと眺め、笑みが消えるのを待った。

笑みは消えなかった。周囲のテーブルが静まりかえった。沈黙がテーブルからテーブルへと伝わり、やがて混み合ったカウンターにまで広がった。全員が、にやにやしながらプラインを見つめて立っている大男に視線を注いでいた。

「やめろ」プラインがターリーに言った。「笑うのをやめろ」

ターリーの笑みが広がった。

プラインはまた深く息をついた。その目に鈍い光のようなものが現われた。エディはそれを見てその意味を悟った。彼はピアノのストゥールから立ち上がり、プラインに言った。「やめてくれ、ウォーリー。やつは病気なんだ」

「誰が病気だって？」ターリーが食ってかかった。「おれは絶好調だ。すぐにでも――」

「すぐにでも脳の検査をしてもらう」エディは、プラインと、固唾をのんで見守っている人々に向かって言った。

「やつは電柱にぶつかって頭を強く打ったんだ。あのこぶを見てくれ。骨は折れていないにしても、脳震盪を起こしてるかもしれない」

「救急車を呼べよ」誰かが言った。

「見ろ、口から血が出ている」他の誰かが口をはさんだ。

「頭を怪我したせいかもしれないぞ」

プラインは二、三度瞬きをした。彼の目から光が消えていった。

ターリーはまだ笑っていた。だが、もはやプラインにも他の何物にも向けられてはいなかった。ばかみたいな笑みがまた戻っていた。

プラインはエディに目を向けた。「知り合いか？」

エディは肩をすくめた。「まあな」

「誰だ？」

もう一度、肩をすくめた。「外に連れていこう。外の空気を吸わせたほうがいい――」

プラインの太い指がエディの袖をつかんだ。「訊かれたことに答えろ。こいつは誰なんだ？」

「やつの言ったことが聞こえなかったのか？」またターリーが口を出した。頭のもやもやから抜け出したのだ。「この男は知りたがってるんだ。それもわかる」

「だったら、おまえが答えろ」プラインがターリーに言った。足を踏み出し、うつろな目をのぞき込んだ。「いずれにしても救急車は必要なさそうだ。それほどひどい傷じゃないんだろう。あんたが誰か教えてくれないか？」

「兄だ」

「誰の？」

「彼のだ」ターリーはエディを指さした。

「やつに兄貴がいるとは知らなかったな」プラインが言った。

「まあ、世の中そんなものだ」ターリーは周囲のテーブルに向かって言った。「毎日、何か新しいことを知るものさ」

「ぜひ、知りたいものだ」プラインは言い、まるでエディがその場にいないかのようにつづけた。「やつは決して自分のことを話さないんだ。おれの知らないことが山ほどある」

「知らないのか？」ターリーはまたにやりとした。「エディがここで働きはじめて何年になる？」

「三年だ」

「そいつは長いな。もう彼のことを知り尽くしていてもいいころだ」

「やつを知り尽くしている者なんているものか。わかっているのは、ピアノが弾けるってことだけだ」

「給料は払っているのか？」

「むろん、払っている」

「何のために？」

「ピアノを弾かせるためだ」

「他には？」

「それだけだ」プラインは言った。「ピアノを弾かせるために給料を払っている、それだけだ」

「つまり、自分の話をさせるために給料を払っているわけじゃないんだな？」

プラインは唇を固く結び、返事をしなかった。

ターリーが詰め寄った。「ただで話をさせたいってことだな？　だがな、あいにくただで手に入れることはできないんだ。誰かのことを知りたいと思ったら、金を払わないとな。それに、多くを知りたければ、それだけ金がかかる。井戸を掘るのと同じで、深ければ深いほど費用がかかるということだ。ときには払い切れないこともある」

「何が言いたいんだ?」プラインは顔をしかめ、ピアニストに顔を向けた。屈託のない笑みが目に入ると、それが気になってますます渋い顔になった。だが、すぐにターリーに目を戻した。彼は渋面を追い払った。「わかった、気にするな。この話はなかったことにしよう。たわいない話だし、おまえは苛々してるし、おれには他にやることがあるしな。ここで、おまえと時間をつぶしているわけにはいかない」

用心棒は歩み去った。カウンターやテーブルの人々はまた酒を飲みはじめた。ターリーとエディは腰を下ろしていた。エディは鍵盤に向かい、いくつかコードを鳴らしてから曲を弾きはじめた。それは甘く美しく穏やかな曲で、その心和むような音が流れ出ると、ターリーの唇に夢見るような微笑みが浮かんだ。「素晴らしい」ターリーは呟いた。「実に素晴らしい」

音楽はつづき、ターリーは無意識にゆっくりと頷いていた。彼の頭が上がり、ふたたび下がりかけたとき、正面のドアが開いた。

二人の男が入ってきた。

2

「あいつらだ」ターリーが言った。

エディはピアノを弾く手を止めなかった。

「あいつらだ、よし」ターリーは落ち着いた声で言った。

男たちのうしろでドアが閉まった。彼らは立ったままゆっくりと首を巡らせ、満席のテーブルから混雑したカウンターまで店内をくまなく眺め回した。

やがて二人がターリーに目を留めた。彼らは店の奥へやって来た。

「来たぞ」ターリーはまだ落ち着き払っていた。「やつらを見てみろ」

エディは鍵盤から目を離さなかった。彼は鍵盤のことだけ考えようとしていた。心地よい音楽がよどみなく流れ、ターリーに語りかけていた。そいつはおまえの問題だ、おまえだけの問題だ、おれを巻き込まないでくれ。

男たちが近づいてきた。彼らはゆっくりと進んだ。テーブルがところ狭しと並べられ、彼らの行く手を阻んでいる。二人は急ごうとして無理やり通り抜けようとした。

「そら、来たぞ」ターリーが言った。「すぐにここへ来る」

目を向けるな、エディは自分に言い聞かせた。一瞬でも目を向けたらおしまいだ、巻き込まれることになる。そんなことはご免だ、ここでピアノを弾いている、それだけだ。だが、どういうことだ？　何が起ころうとしているんだ？

音楽が止んだ、指が鍵盤を離れた。

顔を向けると、二人の男が近づいてきた。

身なりのよい男たちだった。先に立っているのはひどく痩せた小男で、シングルの濃紺のオーヴァーコートに白いシルクのマフラーをし、パール・グレイのフェルト帽をかぶっていた。うしろの男も痩せてはいるが、かなり上背がある。濃いグレイの帽子に黒とシルバーのストライプのマフラー、彼のオーヴァーコートはダーク・グレイのシックス・ボタン・ベニーだった。

二人は部屋の中央まで来ていた。テーブルのあいだに余裕ができた。彼らは足を速めた。

エディは指を伸ばし、ターリーの脇を突いた。「ぐずぐずするな。腰を上げて出て行け」

「どこへ行けっていうんだ?」ターリーはまたばかみたいな笑みを浮かべた。

「横のドアだ」エディが小声で言い、もう一度、今度は力を入れてターリーを突いた。

「おい、やめろ」ターリーが言った。「痛いじゃないか」

「そうか?」エディはまた突いた。それが本当に痛かったのでターリーの顔から笑みが消え、椅子から立ち上がった。そしてピラミッド型に積み上げられたビール・ケースの前を通り、しだいに足を速めてついに横のドアへ向かって走りだした。

二人の男はテーブルを離れ、店内を斜めに突っ切った。ターリーを止めようとして全速で走っている。今にも追いつきそうに見えた。

そのときエディがピアノのストゥールから立ち上がり、十五フィートほど先のドアに向かうターリーに目をやった。二人の男がターリーに迫っている。彼らは進路をそれ、ビール・ケースの山に沿って走っていた。高く積まれたボトル入りの段ボール箱、それに向かってエディが突進した。そして箱の山に体当たりすると、次から次へと箱が転げ落ちた。男たちは落ちてきたビール・ケースに行く手を阻まれ、段ボールの障害物に躓き、倒れては起き上がってまた躓いた。一方、ターリーは横のドアを開けて外へ飛び出した。

積み上げられた山から九つほどのビール・ケースが崩れ落ち、箱から転がり出たボトルの何本かが床に当たって砕け散った。二人の男は、段ボール箱と割れたボトルでできたバリケードを越えようと悪戦苦闘していた。背の低いほうの男がこの騒ぎを起こした道化師の顔を見ようとあたりを見回し、崩れかけたピラミッドの横に立っているエディに目を留めた。エディは肩をすくめ、おどおどしたしぐさで両手を挙げた。事故なんだ、ちょっとぶつかっただけだ、そう言っているかのようだった。痩せた小男は何も言わなかった。ものを言う暇などなかったのだ。

エディはピアノに戻った。腰を下ろして弾きはじめた。美しいコードを二つ三つ鳴らし、唇のあたりに曖昧で無関心な笑みを浮かべたころ、上等な服を着た二人の痩せた男がやっと横の出口にたどり着いた。心地よい音楽に、二人が力任せにドアを閉める音が重なった。

エディは弾きつづけた。ミスタッチもリズムの乱れもなかった。だが、彼はターリーのことを考えていた。凍てつくような静まり返ったまっ暗な通りを、二人の男がターリーを追いかけていくところが目に浮かんだ。その静寂は、今にも銃声に破られるかもしれない。

だが、そんなことはないだろう、エディは自分に言い聞かせた。銃を使うような男には見えなかった。取引をするタイプだ。まるで、彼らの用件はターリーと膝をつき合わせて商談をすることだ、とでもいうようだった。

とすれば、どんな商売だ？　そう、おまえにはどんな商売かわかっている。何かうさんくさいものだ。ターリーはクリフトンの商売だと言った。つまり、それはいかがわしい商売で、タールはいつもどおりクリフトンの手先を務めている、ということだ。それが何にせよ、おまえの愛する兄弟はまた窮地に陥ったわけだ。窮地を出たり入ったりするのは、二人の第一級の才能だ。今度も抜け出せるだろうか？　ああ、そう願っている。本当にそう願っている。おれたちは本心から幸運を願っているのだ。だからおまえが今すべきことは、電車から降りることだ。それはおまえの乗り物ではない、近づいてはいけない。

鍵盤に影がさした。エディはそれを見まいとしたが、影はその場にとどまっていた。顔を横に向けると、太い脚とビヤ樽のような胴体と鼻のつぶれた用心棒の顔が目に入った。

エディは演奏をつづけた。

「美しい」プラインが言った。

エディはありがとうの代わりに頷いた。

「とても美しい」プラインは言った。「だが、まだ足りない。これ以上、聴きたくない」

て待った。

エディは演奏をやめた。腕をだらりと下げ、じっと坐っ

「訊きたいことがある」用心棒が言った。「どうしたんだ、おまえ?」

エディは肩をすくめた。

プラインは深く息をついた。「クソッ」誰に言うともなく言った。「この男と知り合って三年になるが、こいつのことはほとんどわかってない」

エディの穏やかな笑みが鍵盤に向けられていた。彼は鍵盤の中央でいくつか意味のない音を鳴らした。

「やつの返事はいつもあれだ」プラインは目に見えない聴衆に向かって言った。「真相はいつも藪のなかだ。たとえ何があっても、おれはいつも無視される」

エディの手はまだ鍵盤の中央にあった。

用心棒の態度が一変し、声を荒らげた。「弾くのをやめろと言ったはずだ」

音楽が止んだ。エディは鍵盤から目を離さずに言った。

「どうしたんだ、ウォーリー? 何が気に入らないんだ?」

「本当に知りたいのか?」鬼の首でも取ったかのように、プラインはおもむろに言った。「よし、見てみろ」彼は腕を伸ばし、人差し指で散らかった床を示した。段ボール箱がひっくり返り、ボトルが転がり、ガラスが飛び散り、こぼれたビールがひび割れた床の上で泡立っている。

エディはまた肩をすくめた。「おれが片づける」そう言うと、ストゥールから腰を浮かした。プラインは彼を押しとどめた。

「答えろよ」プラインはもう一度ビールで汚れた床を指さした。「あれはいったいどういうつもりだ?」

「つもり?」ピアニストは当惑顔をした。「どういうつもりもない。あれは偶然だ。よそ見をしていたらぶつかって

――」

だが、いくら言っても無駄だ。用心棒は納得しなかった。

「嘘だろ?」用心棒は穏やかに訊いた。「偶然だなどと、嘘に決まってる」

エディは答えなかった。

「おまえが言わないなら、おれが言ってやろう」プラインが言った。「タッグ・プレイ、そういうことだ」

「かもしれないな」エディは軽く肩をすくめた。「きっと、何も考えずにやったのかもしれない。無意識に、ということだ。本当によくわからない」

「そんなはずはない」プラインはねっとりとした笑みを浮かべ、しだいにそれが広がっていった。「おまえはあの離れ業を、シナリオでもあるかのようにやってのけた。あのタイミングは絶妙だったぜ」

エディは目を数回しばたたいた。やめるんだ、そう自分に言い聞かせた。何か起ころうとしている、これ以上ひどくならないうちに食い止めたほうがいい。

だが、食い止める手だてはなかった。用心棒が言った。

「おまえがあんな騒ぎを起こすのを見るのははじめてだ。ここに来てからというもの、一度だって出しゃばったことはなかった。どんなことだろうと、誰のことだろうとな。何で今夜は出しゃばった真似をしたんだ？」

エディはまた軽く肩をすくめ、静かな口調で話しだした。

「あいつが助けを求めていると思ったのかもしれない。言ったとおり、よくわからないんだ。別の見方をすれば、困っている人を見て、それが身内だということに気づく――よくわからないが、そんなようなことだ」

訊いても無駄だと思ったか、プラインの顔が苦々しげにゆがんだ。彼は背を向けてピアノから離れていった。

だが、ふと足を止めると、きびすを返して戻ってきた。

彼はピアノの横にもたれかかった。しばらくは何も言わず、ちょっと考え込むように眉間に軽くしわを寄せ、ただ音楽に耳を傾けていた。やがて、何気ない様子でがっしりとした手を動かすと、鍵盤からエディの手を払いのけた。

エディは顔を上げた。

「もう少し話してみろ」用心棒が言った。

「たとえば？」

「おまえがビール・ケースで立ち往生させた二人組、あいつらは何者だ？」

「知らない」

「何で追いかけているのか知らないのか？」

「何も知らない」

「よせよ、いいじゃないか」

「言えないんだ、ウォーリー。知らないんだから」

「おれが信じると思うか？」

エディは無言で肩をすくめた。

「わかった、別の角度から訊こう。おまえの兄貴、あいつは何をしている？」

「そいつもわからない。何年も会っていなかったからな。最後に会ったときは、ドック通りで働いていた」

「何をしていた？」

「港湾労働者だ」

「今は何をしているかわからないんだな？」

「わかっていれば話す」

「嘘をつけ」プラインは太い腕で高々と腕組みをしていた。「白状しろよ」彼は言った。「さあ、白状しろ」

エディは親しげな笑みを浮かべて用心棒を見つめた。

「どうしたんだ、まるで法廷みたいじゃないか？」笑みが広がった。「法律学校へでも行くつもりか？　おれを練習台にしてるのか？」

「そういうことじゃない」プラインは一瞬ことばに詰まった。「はっきりさせたいだけだ。つまり――重要なのは、おれはここの店長だということだ。〈ハット〉で起こることには責任がある。そうだろ」

エディは眉を上げて頷いた。「それはわかる」

「そういうことだ」用心棒はこの機を逃さなかった。「営業許可を取り消されないようにしないとな。ここは合法的な店だ。おれが言いたいのは、この店はずっと合法的にやっていくということだ」

「まったくあんたの言うとおりだ」エディが言った。

「わかってくれてよかった」プラインの目がまた鋭くなっていた。「もうひとつわかってほしいのは、おれはおまえが思っているほどバカじゃないってことだ。楽器を弾いたり詩を書いたり、そういうことはできないが、事の真相を見抜く目は確かだ。たとえば、おまえの兄貴と二人組の男たち。あの二人がおまえの兄貴を捕まえようとしたのは、ただのおしゃべりをするためじゃあるまい」

「なるほど」

「完全に筋が通ってる」プラインは自分の洞察力に満足していた。「よし、もう少し考えてみよう。筋道を立てて説明してやる。おまえの兄貴は港湾労働者だったかもしれないが、職業替えしたにちがいない。今ではもっと金になることをしようとしている。何をやってるか知らんが、大金が絡んでる――」

エディは戸惑っていた。心のなかで言った、バカのふりをするんだ、そのほうがいい。

「あの二人組のことだが」用心棒はつづけた。「連中はちんぴらなんかじゃない。服装でわかる。あのオーヴァーコートは手縫いだ、オーダーメイドだってことは一目見ればわかる。そこから考えよう。矢印を使って――」

「何を使うって？」

「矢印だよ」プラインはピアノの側面に指で矢印を描いた。「連中からおまえの兄貴へ、兄貴からおまえへ」

「おれ？」エディは笑い飛ばした。「今度こそあんたの考えちがいだ。大げさだよ」

「だが、それほど大きなちがいじゃないぜ。可能性は高い。おれの目は節穴じゃない。おまえの兄貴がここに坐ってうまい話をしているのを見たんだ。おまえを取引に引っぱり込みたいように見えたぞ。それが何だかわからないが――」

エディはまた笑った。

「何がおかしい？」プラインが訊いた。

エディはまだ笑っていた。大きな声ではないが、本当に笑っていた。こらえようとしたが、こらえきれなかった。

「おれのことか？」プラインが不気味なほど静かな口調で言った。「おれのことを笑っているのか？」

「おれ自身のことだ」エディは笑いながら、かろうじてそう答えた。「おれが、罠の仕掛けられた金メッキの額に入った絵を受け取ったってことか。大きな取引、おれみたいな重要人物を相手に、最後の矢印がおれを指している。冗談だろ、ウォーリー。自分の目でよく見てみろ。その重要人物をな」

プラインが目をやると、おんぼろピアノの前に坐った週給三十ドルのミュージシャンがいた。野望も目標もなく、柔和な目と口元をした無名の男。三年まえからここで働き、昇給を求めることもそれを匂わせることもない。チップが少なくてもぼやいたりせず、閉店時の椅子とテーブルの片づけを手伝わされても、床の掃除やゴミ出しを命令されても、文句ひとつ言わない。

プラインはまじまじと彼を見つめた。三年間、彼の弾く音楽を除けば、〈ハット〉に彼がいることは何の意味も持たなかった。まるで、誰もいないのにピアノが勝手に曲を奏でているかのようだった。テーブルやカウンターで何があろうと、ピアニストは決して関わろうとせず、そればかりか傍観者ですらなかった。背中を見せて鍵盤に視線を落とし、薄給とぼろ同然の服に甘んじている。意気地なし、プラインはそう決めつけ、この無色透明の生きた見本のような男に興味を覚えていた。笑顔さえどこか曖昧だ。それが女に向けられることはない。触れることのできる標的の向こうの、その先の外野席のそのまた向こう、はるか彼方に向けられている。とどのつまりは、どこに向けられているんだ？　プラインは自分に問いかけた。むろん、答えはおろか僅かな手がかりさえない。

だが、たとえそうだとしても、プラインは最後の悪あがきをした。彼はピアニストに鋭い一瞥を与えて言った。

「ひとつだけ教えてくれ。おまえはどこから来たんだ？」

「生まれたところだ」エディは答えた。

用心棒はしばらく考え込んでいたが、やがて口を開いた。

「秘密を打ち明けてくれて、ありがとう。雲のなかからやって来たのかと思ってた」

エディは静かに笑った。プラインはカウンターのほうへ歩いていった。カウンターでは、ブルネットのウェイトレスがトレイにショット・グラスを並べていた。プラインは彼女に近づき、少しためらってからそばへ寄って何か話しかけた。彼女は答えなかった。プラインには目もくれなかった。そしてトレイを持ち上げ、テーブルへ向かった。プラインは口を固く結び、唇の内側を嚙みしめ、身じろぎもせずに立ったまま彼女を見つめていた。

心地よい音楽がピアノから流れてきた。

3

二十分もすると、仕上げの一杯を飲んだ最後の客が送り出された。バーテンダーは最後のグラスを磨いているところで、用心棒はベッドに入るために二階へ上がってしまった。ウェイトレスはオーヴァーコートを着こんで壁に寄りかかり、床を掃いているエディを見つめながらタバコに火をつけていた。

床を掃き終え、ちりとりを空にし、箒を片づけ、エディはピアノのそばのハンガーからオーヴァーコートを外した。ひどく古いオーヴァーコートだ。襟はすり切れ、ボタンが二つ取れている。帽子は持っていなかった。

ウェイトレスは、正面のドアに向かって歩いていくエディを眺めていた。彼は振り向いてバーテンダーに微笑みかけ、おやすみの挨拶をした。そして、ウェイトレスに声をかけた。「おやすみ、レナ」

「待って」ウェイトレスが言い、ドアを開けたエディに近づいてきた。

彼は足を止め、ややいぶかしげな表情で微笑んだ。彼女が店で働くようになって四カ月、これまでは親しみのこもった挨拶を交わす程度だった。それ以上のことは一切なかった。

「七十五セント貸してもらえないかしら?」ウェイトレスが言った。

「いいとも」エディはためらいなくズボンのポケットに手を突っこんだ。だが、いぶかしげな表情は消えなかった。消えるどころか、少しだけ深くなった。

「今夜、ちょっと苦しいの」ウェイトレスは言い訳をした。「明日、ハリエットに給料をもらったら返すわ」

「急がなくていい」彼はそう言い、二枚の二十五セント硬貨と二枚の十セント硬貨、一枚の五セント硬貨を渡した。

「食費にするの」財布に硬貨を入れながら、レナはさらにくどくどと言い訳をした。「ハリエットに頼んだら何か作ってくれると思ったけど、彼女は早寝だから迷惑をかけたくなかったの」

「ああ、二階へ上がるのを見たよ」エディは一瞬言いよどんだ。「疲れてるんだろう」

「ええ、彼女はよく働くから」レナはもう一口タバコを吸うと、それを痰壺に投げ込んだ。「どうしてあれほど働けるのか不思議なくらいだわ。あんなに太っているのに。きっと、二百ポンドを超えているわよ」

「もっとあるさ。でも、身のこなしはいいぜ。堅太りなんだ」

「重すぎるわ。少し痩せたら楽になるでしょうに」

「彼女は大丈夫だよ」

レナは肩をすくめ、何も言わなかった。

エディはドアを開けて道を譲った。レナが外へ出ると、あとにつづいた。そして、舗道を渡ろうとするレナに声をかけた。「じゃ、また明日」レナは足を止め、回れ右をしてエディと向き合った。「七十五セントは多すぎると思う。半分でいいわ」彼女は財布を開けはじめた。

「いや、いいんだ」エディは言った。だがレナはエディのほうへ歩きながら、二十五セント硬貨を差し出した。「四十セントあったら、〈ジョンズ〉で盛り合わせが食べられるの。残りの十セントでコーヒーを飲めば、それで充分よ」

エディは手で制した。「ケーキか何か、食べたくなるかもしれないだろ」

レナが近づいた。「さあ、受け取って」そう言って硬貨をエディの前に突き出した。

「大型金融取引だ」彼はにんまりした。

「受け取ってちょうだい」

「おれには必要ない。ひもじい思いはしないからな」

「本当に借りていいの？」彼女は首をかしげ、エディの顔をじっと見つめた。

彼はまだ笑みを浮かべていた。「心配するな。おれなら困らない」

「ええ、わかってるわ」レナはエディの顔から目を離さなかった。「懐が寂しくなったら、受話器を取って株の仲買人に電話すればいいんでしょ？　何ていう仲買人なの？」

「ウォール・ストリートの大きな会社だ。おれは週に二度ニューヨークへ飛ぶことにしている。株価の表示板を見るためだけにな」

「最後に食事をしたのはいつ？」

エディは肩をすくめた。「サンドイッチを食べた――」

「いつ？」

「さあな。たぶん、四時半ごろだったと思うが」

「それから何も？」そして、答えを待たずに言った。「ねえ、〈ジョンズ〉まで送ってちょうだい。あなたも何か食べなきゃ」

「だが――」

「ねえ、お願い」レナは、エディの腕を取って引っ張った。

「生きたかったら、食べなくちゃ」

急に、ひどく腹が減っていることに気づき、スープと温かい盛り合わせが食べたくなった。湿った冷たい風が薄いコートを突き抜け、エディのからだに食いこんでくる。温かい料理のことを考えるのは楽しかった。だが、同時にもうひとつのことを考えると気が進まなかった。ポケットのなかには十二セントしかなかったのだ。

エディは肩をすくめ、レナといっしょに歩いていった。

コーヒー一杯で我慢すればいい。せめてコーヒーを飲めば暖まることができる。だが、本当は食べたほうがいいぞ、エディは自分に言った。どうして、今夜は食事をしなかったんだ？　いつもは十二時半ごろ、〈ハット〉の軽食カウンターで軽く食べることにしているじゃないか。だが、今夜はちがった。今夜は何も食べなかった。何で、空腹を満たすのを忘れてしまったんだ？

ふと思い出した。ターリーとの一件だ、エディは独り言を言った。ターリーのことにかまけて食事をするのを忘れたのだ。

ターリーはうまく切り抜けただろうか。うまく逃げのびただろうか。ターリーならどう動いたらいいか心得ているし、自分の面倒は自分で見られる。そうだ、きっとうまく切り抜けたにちがいない。おまえは、本当にそう思うか？

ターリーは怪我をしている。ウサギ狩りごっこのウサギ役ができる状態でないことは確かだ。さあ、どうする？　おまえにできることは何もない。さっさと忘れてしまえ。

話を変えよう。ここにいるこの女、このウェイトレスはどうしたんだ？　彼女は何を悩んでいるんだ？　彼女に悩みがあることは、おまえにもわかってるだろう。彼女がハリエットのことを言ったときに、うすうす感じとったはずだ。あのときの彼女は釣りをしていたようなものだ。釣り糸を垂れたのだ。そうだ、そういうことだ。彼女はハリエットと用心棒のことで、そして二人の家庭内の不和のことで悩んでいる。近ごろ、用心棒が他の誰か——ここにいるウェイトレス本人だ——に目を向けているからだ。いや、彼女のせいじゃない。彼女がプラインに与えるのは、彼が近づこうとするたびに向ける冷ややかな眼差しだけだ。だから、プラインには勝手にやらせておけ。おまえは何を気にしているんだ？　なあ、ひとつ頼みがある。おれの邪魔をしないでくれ、おまえには苛々する。

だがそのとき、エディの頭にふと奇妙な考えが浮かんだ。まったくばかげた考えだ。なぜそんなことを考えたのか、自分でもわからない。ウェイトレスの身長はどれくらいだろう、ひょっとしたら自分より背が高いだろうか、などと考えていたのだ。振り払おうとしても、頭から離れない。気になってたまらなくなり、とうとうウェイトレスに顔を向けた。

エディは、少し下を向かなければならなかった。彼はウェイトレスより二、三インチ高かった。彼女は、中ヒールの靴を履いて五フィート六インチといったところだろう。だから何だ？　彼は自分に問いかけたが、狭い通りを渡って街灯の下を通るあいだ、彼女から目を離さなかった。着ているコートがぴったりしているので、からだの線がよくわかる。足が長く、ほっそりしていて、独特の歩き方をするせいで実際より背が高く見えるのだ。たぶんそうだ、エディは思った。そのことに興味があっただけだ。

だが、彼はまだ見つめていた。理由はわからなかった。街灯の光が彼女の顔を照らし、その横顔が見えた。カヴァー・ガールや化粧品広告のモデルになれるような顔立ちではないが、その肌は別だった。くすみのない肌は、化粧品の広告が約束するような質感がある。だが、それは化粧品によるものではない。からだの内側からくるものだ、エディは考えた。おそらく、丈夫な消化器官や健康な分泌器官をしているということだろう。虚弱なところは何もない。鼻も口も顎も華奢ではないが、それでも女らしい。飾りものの乏うな、かよわくてかわいらしいタイプの女たちよりも女らしかった。つまり、そういう女たちがどんなに頑張っても、彼女には及ばないということだ。用心棒が近づこうとするのも無理はない。それなのに、彼女はズボンを穿いた人種に興味がないのだ。

まるで、男に絶望しているかのようだ。男なんて災いのもと、破滅を招くもの、彼女にそう言わせるような出来事があったのかもしれない。それでも、おまえは想像を巡らせている。なぜだ？　次には彼女の歳を知りたがるようになる。ちなみに、いくつだと思う？　たぶん、二十七歳くらいだろう。訊いてみようか？　おまえが訊けば、彼女はなぜ知りたいのかを訊くだろう。おまえは、ただの好奇心だと言うしかない。もういい、考えるのをやめろ。おまえは興味がないようだ。興味がないんだ。

なのに、どうしたんだ？　何で、こんなふうに考えているんだ？　関わらないほうがいい。カーヴの多すぎる道路みたいなものだし、第一、おまえは自分のいる場所もわかっていないじゃないか。それにしても、彼女があまり話したがらないのはなぜだ？　それに、滅多に笑顔を見せないのはなぜだ？

そういえば、彼女にはまじめくさったところがある。面白味がないというのではない。ただ生まじめなだけで、彼女が笑うところはおまえも見たことがあるはずだし、滑稽なことがあれば笑うはずだ。つまり、本当におかしいことがあれば、ということだ。

彼女はいま笑っている。彼を見つめて静かに笑っている。

「どうしたんだ？」エディは訊いた。

「チャーリー・チャップリンみたいね」

「誰みたいだって？」

「チャーリー・チャップリン。彼が昔作った無声映画のなかのチャップリンよ。何か疑問がわいて、そのことを訊きたいのにことばが見つからないとき、彼はバカみたいな表情を浮かべるの。さっき、あなたはうまく隠していたわ」

「おれが?」

彼女は頷いた。そして、笑うのをやめた。「あれは何だったの? 何が訊きたかったの?」

エディは曖昧に微笑んだ。「〈ジョンズ〉へ行くつもりなら、歩いたほうがいい」

彼女は何も言わなかった。二人は歩きつづけて角を曲がり、玉石敷きの道に接するでこぼこだらけの舗道に出た。もう一ブロック歩いた角に、路面電車を改造して終夜営業のレストランにした長方形の建物があった。窓の一部は割れ、塗料はほとんど剝げ落ち、入り口のドアは緩んだちょうつがいのせいで傾いている。ドアの上に〝ポート・リッチモンド一の料理――ジョンズ〟という看板が掛かっていた。店に入った二人はカウンターへ向かったが、どういうわけかレナはエディをカウンターからボックス席へ引っ張っていった。席に着くと、エディはレナの視線が自分のうしろのカウンターの隅に向けられていることに気づいた。

その顔は無表情だった。そこにいる人物が誰なのか、エディには見当がついていた。〈ハット〉を出るとき、彼女がいっしょに来てくれと言ったわけもわかった。エディをひとりで帰したくなかったのだ。二人組がターリーを捕まえようとしたときの、エディのビール・ケース作戦を見ていたにちがいない。食べなきゃだめよ、などという話も、すべて彼をひとりにしないためだったのだ。

なんて優しいんだろう、彼は思った。困惑を隠そうとして彼女に微笑みかけた。だが同時に愉快になった。彼は思った、彼女が世話係を演じたがっているなら、好きなようにやらせておけ。

ダイナーの客は少なかった。カウンターのこちら側に四人、二つのボックス席のそれぞれに二人ずつ。カウンターのなかでは、ジョンという名の小柄で太ったギリシア人が鉄板の上に卵を割っていた。ジョンを入れて九人になる、エディは思った。彼らが何かしようとしたら、九人の目撃者がいることになる。何かするとは思えない。おまえは〈ハット〉で彼らをよく観察したはずだ。彼らはバカではなさそうだ。そう、今すぐ仕掛けてくることはないだろう。

ジョンはカウンターにいる太った男に四つの目玉焼きを出し、カウンターから出てボックス席へやって来た。ウェイトレスはロースト・ポークとマッシュ・ポテトを注文し、ロールパンを追加した。エディはクリームを添えたコーヒーを頼んだ。「それだけ？」ウェイトレスが訊いた。エディが頷くと、彼女は言った。「おなかがすいているんでしょ？　何か頼んだら？」

エディは首を横に振った。ジョンはボックス席から離れていった。彼らは無言で坐っていた。エディはハミングをしながら、指先でテーブルの上を軽く叩いた。

やがて、ウェイトレスが口を開いた。「あたしに七十五セント貸してくれたでしょ。あといくら残っているの？」

「本当に腹は減ってないんだ」

「そんなバカな！　ねえ、答えて。いくらあるの？」

エディはズボンのポケットに手を突っこんだ。「この五十ドル札はくずしたくないんだ」

「ねえ、ちょっと——」

「もういい」エディは穏やかに遮った。そして、親指を背後に向けた。「やつら、まだいるのか？」

「誰のこと？」

「わかってるだろ」

ウェイトレスはエディのうしろに目をやり、ボックスの脇からカウンターの隅を窺った。やがてエディに視線を戻し、おもむろに頷いた。「あたしのせいだわ。あたしが頭を働かせなかったから。彼らがここへ来る可能性を考えてみなかったから——」

「やつら、いま、何している？　まだ食べてるのか？」

「もう食べ終えたわ。ただ、坐ってるだけ。タバコを吸ってる」

「こっちを見てるか？」

「いいえ、あたしたちは見てないわ。ちょっとまえにこっちを見てたけど、別に意味はないと思う。あなたの席は見えないもの」

「だったら、大丈夫だろう」彼はにんまりした。

彼女も笑みを返した。「ええ、何も心配することはないわ。たとえ見つかっても、彼らには何もできないわ」

「わかってる」エディはますますにやにやした。「きみが許さないだろう」

「あたしが？」彼女の笑みが消え、その眉が曇った。「あたしに何ができるっていうの？」

「できることはあると思うよ」そして、軽い調子でつけ加えた。「おれが逃げるあいだ、やつらを引き留めておける」

「冗談でしょ？　あたしを誰だと思ってるの、ジャンヌ・ダルクだとでも？」

「でも、きみが言いだしたから――」

「言っておくけど」彼女が遮った。「あなたとあの二人のあいだに何があるのか知らないし、興味もないわ。それが何であれ、関わりたくないの。わかった？」

「ああ」エディは軽く肩をすくめた。「もし、本当にそう思っているならね」

「そう言ったはずよ」

「ああ、そう言った」

「それって、どういう意味？」彼女は首をかしげ、エディを見つめていた。「あたしが本気じゃないと思っているのね？」

エディはまた肩をすくめた。「おれは何も考えてない。きみがひとりであれこれ言ってるだけだ」

ジョンがトレイを運んできた。大皿とコーヒーを置き、指で値段を計算して六十五セントと言った。エディはポケットから十セント硬貨と二枚の一セント硬貨を取り出し、テーブルに置いた。レナはその金を傍らに押しやり、ジョンに七十五セントを渡した。エディはジョンに微笑みかけ、テーブルの十二セントを指した。ジョンは礼を言い、硬貨を取り上げてカウンターへ戻った。エディは湯気の立っているブラック・コーヒーに顔を寄せ、ふうふう冷ましながら啜りはじめた。テーブルの反対側からは物音ひとつしない。レナが皿に手をつけず、じっと彼を見つめているのが感じ取れた。エディは顔を上げなかった。コーヒーを啜りつづけた。熱いのでゆっくりと啜った。やがてナイフとフォークの音が聞こえ、エディがちらりと目を上げると、レナが大急ぎで食べはじめていた。

「何を急いでいるんだ?」エディが小声で訊いた。返事はなかった。ナイフとフォークの音がつづいていた。それが急に止んだので、エディはもう一度目を上げた。レナの視線がテーブルを離れ、またカウンターの隅に注がれていた。

レナは眉をひそめ、食事に戻った。少し待ってから、エディは囁いた。「自分には関係ないと言ってたはずだが」

彼女は聞き流した。まだ眉をひそめている。「まだ坐ってるわ。さっさと出ていけばいいのに」

「もう少しここで暖まりたいんだろう。暖かくて気持ちがいいからな」

「暑くなってきたわ」

「そうか?」エディはもうひとくちコーヒーを啜った。「おれは感じないがな」

「そんなはずないわ」また横目でエディを見た。「おきまりの涼しい顔はやめて。あなたは苦境《ホット・スポット》に立っているのよ。自分でもわかってるはずだわ」

「タバコ、あるかい?」

「あたしが話してるんだけど——」

「きみの話は聞こえた」エディはレナのハンドバッグを指さした。「なあ、タバコを切らしたんだ。持ってないか?」

レナはハンドバッグを開け、タバコのパックを取り出した。エディに一本渡して自分も一本取り、マッチを擦った。エディが火をつけようとして身をのりだすと、彼女が言った。「何者なの、あの人たち?」

「さあね」

「まえに会ったことは?」

「ない」

「わかったわ、もうやめましょ」

レナは食事を終え、水を少し飲み、タバコをもう一服吸ってから灰皿でもみ消した。二人は席を立ち、レストランを出た。風は激しさを増し、ますます寒くなってきた。いつの間にか、雪も降りだしていた。舗道に打ちつける雪が、溶けずに白く残っている。レナはコートの襟を立て、ポケットに手を突っ込んだ。顔を上げて舞い落ちてくる雪を見回し、雪は好きだからずっと降りつづけばいい、と言った。エディは、きっと一晩中降りつづいて明日も残るかもしれない、と言った。レナは彼に雪が好きかどうか訊いた。彼は、自分にはどうでもいいことだと答えた。

二人は玉石敷きの道を歩いていた。エディはうしろが気になったが、振り返らなかった。風が吹きつけるので、頭を低くして足早に歩かなくてはならない。レナが、よかったら送ってくれないかしら、と言った。エディは住所を訊こうともせず、いいよ、と答えた。彼女がケンワース通りの下宿屋に住んでいると言い、ブロックのナンバーを教えたが、彼には聞こえなかった。自分たちの足音に耳を澄まし、他に何か聞こえないだろうかと考えていたのだ。やがて、別の物音が聞こえた。だが、それはノラネコの鳴き声だった。小さな声、母親を求めて鳴く子ネコにちがいない。母親のいない子ネコのために、何かしてやれるといいが。ネコは通りの向こうの路地のどこかにいる。ウェイトレスの声が聞こえた。「どこへ行くの？」

エディは彼女を置いて縁石に向かっていた。通りの反対側の路地の入り口を見つめている。レナは彼に追いついて訊いた。「どうしたの？」

「子ネコだ」

「子ネコ？」

「耳を澄ましてごらん。かわいそうな子ネコたちだ。寂しがっている」

「思いちがいよ。子ネコじゃなくて、おとなのネコたちだわ。あの声からすると、お楽しみのまっ最中ね」

エディはもう一度聞き耳を立てた。今度は聞きまちがえなかった。彼はにんまりして言った。「新しいアンテナが必要らしいな」

「ちがうわ、アンテナに問題はないわ。あなたの周波数が狂ってるだけよ」

意味がわからなかった。エディはいぶかしげにレナを見つめた。

「あなたの癖じゃないかしら。〈ハット〉でもそうだった。あたし、気づいていたのよ。あなたは現実に起こっていることを何も知らないみたいだし、まるで気にしていないみたい。いつも、あなたにしか聞こえない奇妙な波長に周波数が合っているのよ。まるで、現実の出来事には少しも興味がないみたい」

エディは静かに笑った。

「よして」レナが遮った。「笑って済ませないで。今起こっていることは冗談じゃないのよ。ちょっと見回せば、あたしの言うことがわかるはずだわ」

レナはエディに向き合い、その背後に目を凝らした。彼は言った。「つけられているのか？」

彼女はゆっくりと頷いた。

「何も聞こえないが」エディは言った。「あのネコだけだ――」

「ネコのことは忘れなさい。今のあなたは手一杯よ。余計なことをする余裕はないわ」

彼女の言うとおりだ、エディは思った。振り返って通りを見渡した。遠くの街灯の黄緑色の光が、駐車中の車の屋根からこぼれ落ちている。それは玉石の上でぼんやりと光る黄緑色の水たまりとなり、ゆらめくスクリーンとなって動くものすべての影を映している。そのスクリーン上に二つの影が動いた。二人の男が忍び寄り、駐車中の一台のうしろに身をかがめている。

「やつら、待っているんだ」エディが言った。「おれたちが動くのを待ちかまえている」

「動くなら、急いだほうがいいわ」レナは真顔で言った。

「さあ、走らなくちゃ――」

「いや、走っちゃだめだ。そのまま歩きつづけるんだ」

レナはまたエディに鋭い一瞥を送った。「これまでにもこういうことがあったの？」

彼は答えなかった。次の曲がり角までの距離を測ることに集中していたのだ。二人は、その角に向かってゆっくりと歩いていた。距離は二十ヤードくらいだろうか。ゆっくりと歩きながら、エディはレナに目を向けて微笑んだ。

「心配するな。心配することなんか何もない」

とんでもない、大ありだ、内心そう思っていた。

4

二人は角を曲がり、街灯がひとつしかない狭い通りに入った。暗闇に目を凝らすと、路地に通じる壊れた扉があった。試してみると扉が開いたので、エディが先に入り、あとにつづいたレナがなかから扉を閉めた。じっと立ったまま足音が近づくのを待っていると、レナがコートの下を探っているような衣擦れの音がした。

「何をしているんだ?」

「ハットピンを取ろうと思って。入ってきたら、五インチのハットピンが待っているというわけよ」

「やつらがそんなことで怯むと思うかい?」

「うれしくはないでしょう。それは確かよ」

「まあ、そうだろうな。そいつは深く刺さるから痛いだろう」

「向こうの出方を窺うのよ」レナはうわずった声で囁いた。「好きにやらせて、どうなるか様子をみるの」

二人は扉のうしろの暗やみのなかで待っていた。しばらくすると、足音が近づいてきた。すぐそばまで来て立ち止まり、先へ進んでまた止まった。そして扉の近くへ戻ってきた。ぴたりと寄り添うウェイトレスが身を固くしているのが感じ取れる。そのとき、扉の向こうから声が聞こえた。

「やつら、どこへ行った?」

「たぶん、この辺のどこかにいる」

「もっと速く動けばよかった」

「抜かりはない。やつらの家は近いってことだ。この家のどれかに入ったんだ」

「で、どうする?」

「ドアベルを鳴らして歩くわけにもいかないしな」

「もう少し歩いてみるか? まだ、通りにいるかもしれない」

「車に戻ろうぜ。寒くなってきた」

「切り上げたいのか?」

「ひどい夜だったからな」

「まったくだ。ちくしょう」

足音が遠ざかっていった。エディがレナに言った。「二、三分待とう」レナは言った。「もうハットピンをしまってもいいわね」

エディはにんまりして囁いた。「しまう場所に気をつけてくれ。刺されるのはごめんだからな」狭い路地の窮屈な場所に立っているせいで、レナが腕を動かすとその肘がエディの脇に当たった。軽く触れただけだが、エディはなぜかハットピンが突き刺さったかのように身震いした。ハットピンでないことはわかっている。それに、もう一度狭い場所で位置を変えようとしたレナがエディに触れると、また震えが来た。何かが起こるのを感じ、エディは歯の隙間から素早く息を吸い込んだ。それは不意に起こり、そのスピードはあまりにも速い。エディは懸命に止めようとした。彼は自分に言い聞かせた、止めなければ。だが問題は、それがあまりにも急激に起こったこと、おまえに準備がなかったこと、それが起ころうとしていることに気づかなかったことだ。ともかく彼女とここにいるかぎり、おまえはそれから逃れることはできない。しかも、彼女はこんなに近くにいる、近すぎる、とんでもない近さだ。彼女はわかっていると思うか？ むろん、わかっている。彼女は、おまえに触れないよう気をつけている。それに彼女がうしろへ退がろうとしているので、いくらか余裕ができるはずだ。それでもここは狭すぎる。もう外へ出てもいいだろう。さあ、扉を開けろ。何をぐずぐずしているんだ？

エディは路地の扉を開け、舗道へ出た。レナもあとにつづいた。二人はたがいの顔も見ず、無言で来た道を戻った。エディは足を速めてレナの先に立った。レナはエディに追いつこうとしなかった。そのまましばらく行くと二人の距離が開いたが、エディは何も考えていなかった。ただ、早く帰って眠りたかった。

やがて、エディはひとりで歩いていることに気づいた。交差点まで来ると、うしろを向いて待った。レナの姿を探したが見えなかった。どこへ行ったんだ？ 答えは通りのずっと先からやって来た。彼女のヒールの音が、反対の方向へ離れていった。

一瞬、あとを追おうかと思った。そうすればエチケットで落第点を取ることはあるまいと思い、二、三歩足を進めた。だがふと立ち止まり、首を振って独り言を言った。放っておいたほうがいい、彼女には近づかないことだ。

だが、どうして？　彼は自分に問いかけ、また何かが起ころうとしていることに気づいた。そんなバカな、そんなことあるはずがない。彼女がおまえに触れたことを考えるだけで落ち着きをなくし、またあの状態に陥りそうになるなどということが。レナが〈ハット〉で働くようになって数カ月、店では毎晩目にしていたが、彼女は背景の一部に過ぎなかった。それが今になって、突然この問題にぶつかったのだ。

おまえはそれを問題と呼ぶのか？　よせよ、問題でないことはわかっているじゃないか。どんな問題も、何に関する問題も、おまえには似合わない。おまえにとってはすべてがただの遊び、何の努力もいらない軽い遊び、いつもにこにこして本音を明かさない、そういう軽いスタイルが似合っている。それがおまえのやり方だったし、都合がよくて快いやり方だったはずだ。おれの忠告を聞き入れる気があるなら、そういうやり方を貫くんだな。

ところで、レナはケンワース通りに住んでいると言っていた。無事に帰ったかどうか確かめに、ちょっと様子を見にいったほうがいいかもしれない。そうだ、あの二人組が気を変えたかもしれない。このあたりをもう一度見て回ることにしたかもしれない。ひょっとしたら、レナがひとりで歩いているところを見つけて——

おい、やめろ。他のことを考えるんだ。何を考えればいいんだ？　よし、オスカー・レヴァントのことを考えよう。彼には本当に才能があるのか？　ああ、確かに才能がある。アート・テイタムは？　アート・テイタムは才能にあふれている。ワルター・ギーゼキングはどうだ？　そうだな、おまえは彼の演奏をじかに聴いたことがないから何とも言えない、つまり、知らないってことだ。知らないことは他にもある、ケンワースの番地だ。ブロックの番号も知らないはずだ。彼女はブロックの番号を言ったか？　覚えていない。

なあ、頼むから家に帰って寝てくれ。

エディは、〈ハット〉から数ブロック離れた下宿屋に住んでいた。それは二階建ての建物で、彼の部屋は二階にあった。部屋は狭いが、家賃が週五ドル五十セントで女家主が無類のきれい好きときては掘り出し物と言えるだろう。彼女はいつも掃除をしている。とても古い家だが、どの部屋もしみひとつない。

彼の部屋には、ベッドとテーブルと椅子がひとつずつあった。椅子のそばの床には、雑誌が山積みされている。すべて音楽関連の出版物で、ほとんどがクラシックの専門誌だった。いちばん上の雑誌は広げたままで、エディは部屋へ入るなりそれを取り上げてパラパラとページを繰った。そして、対位法理論の新しい発展に関する記事を読みはじめた。

記事はとても興味深いものだった。この分野では名の知れた、この理論に精通した人物によって書かれたものだ。エディはタバコに火をつけ、雪のついたオーヴァーコートを着たまま天井のライトの下に立って記事に目を凝らした。三段落目の中程まで読み進んだところで、彼は顔を上げて窓に目を向けた。

窓は通りに面していた。ブラインドは半分上げてある。窓に近づき、外に目をやった。窓を開け、通りを見渡そうとして身をのりだした。通りは空っぽだった。そのまま、落ちてくる雪を見つめていた。風に吹き散らされた雪片が顔に痛い。冷気にからだを切り刻まれ、彼は考えた、ベッドに入ったら気持ちがよさそうだ。

エディは急いで服を脱いだ。裸になってシーツと分厚いキルトのあいだに潜り込み、ベッドサイドのライトのひもを引いてから、天井のライトからベッドのポールに渡したもう一本の長いひもを引いた。そして枕に背中をもたせかけ、二本目のタバコに火をつけてから雑誌のつづきを読みはじめた。

二、三分も読みつづけていただろうか、いつの間にか記事の内容が頭に入らなくなり、気がつくと印刷された誌面をただ眺めているだけになっていた。しばらくすると、ついに雑誌を床に落とした。坐ったままタバコを吸いながら、部屋の反対側の壁を眺めていた。

タバコが短くなると、身をのりだしてベッド脇のテーブルに置かれた灰皿で火を消した。吸い殻を灰皿に押しつけたとき、ドアをノックする音が聞こえた。

開いた窓から吹き込む風の音が、ドアから聞こえる音と混じり合った。悪寒がした。ドアを見つめながら、エディはその外に誰がいるのだろうと考えていた。

やがて、彼は自分に微笑みかけた。音の主が誰か、次に何が聞こえるか、わかったのだ。ここに住むようになってからの三年間、幾度となく耳にしていたからだ。

ドアの向こうから女の声が聞こえた。「いるの、エディ？　あたし、クラリスよ」

エディはベッドから出た。ドアを開けると、女が入ってきた。「やあ、クラリス」エディが声をかけると、クラリスはエディが裸で立っているのを目にして言った。「まあ、キルトに入りなさいよ。風邪をひいてしまうわ」

クラリスは、音を立てないように気をつけてドアを閉めた。エディはベッドに戻り、キルトを腹まで引き上げた。そしてクラリスに目を向けて微笑んだ。「坐れよ」

彼女は椅子をベッドのそばに引き寄せ、腰を下ろした。「まったく、ここはひどく寒いわ」立ち上がって窓を閉め、また腰を下ろした。「あなたの冷気好きにはあきれるわ。風邪をひかないのが不思議よ。いっそ、アンモニアのほうが冷たいわよ」

「新鮮な空気はからだにいい」

「この季節でなかったらね。こんな季節にはばかげてるわ。鳥だっていやがるでしょうよ。鳥のほうがあたしたちより賢いわ。だって、フロリダへ行くもの」

「鳥なら行ける。羽があるからな」

「あたしにも羽があったらいいのに。それがだめなら、せめてバス代くらいほしいわ。すぐに荷造りして南へ行って、太陽の光を浴びるの」

「南へ行ったことがあるかい？」

「ええ、何度も。カーニヴァルの巡業でね。あるときジャクソンヴィルで、新しい出し物を試そうとして足首を骨折したの。みんなはあたしを病院に置き去りにして、それまでの給料も払わず終いよ。カーニヴァルの連中なんて――ただの卑怯者だわ」

クラリスはエディのタバコを一本失敬した。腕と手首をゆっくりと優雅に動かして火をつけた。そして火のついたマッチを片方の手で投げ、空中で火の消えたマッチをもう一方の手の親指と小指でしっかりとつかんだ。

「どう？」まるで、はじめてこの技を披露したかのように訊いた。

エディは何度もこれを目にしていた。彼女はいつもこの小さな芸当をやってみせるのだ。〈ハット〉でも時折テーブルを片づけて場所を作り、とんぼ返りをしてそのタイミングやバランスや抜群の反射神経がまだまだ健在なところを見せつける。十代後半から二十代前半まで、彼女は並はずれたアクロバット・ダンサーだった。

三十二歳のいまも相変わらずプロフェッショナルだが、それは別の意味でだった。つまり、もっぱらマットレスの上の性的なアクロバットで、彼女のからだは一回三ドルで貸し出される。二階の廊下の突き当たりにある彼女の部屋で、クラリスは料金以上のものを客に与えていた。マットレスの上でのたうち回る様は、サーカスの軽業の数々を思わせる。〈ハット〉の常連客のあいだではこう言われていた。「――まったくたいしたものだ、クラリスは。あの部屋へ行ってみろ、くらくらするぜ」

この分野での彼女の能力、とくに決してペースを落とさないという事実は節制のたまものだった。軽業師をしていたころは厳格なトレーニングの規則を守り、徹底したダイエットと日々の訓練を欠かさなかった。今の職業にも身体的訓練のある法則を持ち込み、こう主張している。「これはとても大切なことなの。ええ、あたしはジンを飲むわよ。あたしには合ってるの。食べ過ぎを防いでくれるわ。あたしは、お腹いっぱい食べたりはしないの」

彼女のからだがそれを証明していた。いまだに軽業師特有のしなやかさを持ち、まるで骨がないかのようにからだ中の関節が自由に動くのだ。身長は五フィート五インチ、体重は百五ポンドだが、痩せすぎではなく、骨格の周りに堅く締まった筋肉がついている。胸も腰も太もももほっそりしていて、かろうじて女だということがわかる程度だ。女らしさはもっぱらその顔にあった。華奢な鼻も顎も、淡いグレイの離れた目も女らしい。髪は短めで、いつも染めてあった。今は、黄色とオレンジの中間の色をしている。

彼女は、片方の袖が肘まで裂けたパイル地のバスローブを着て坐っていた。親指と小指ではさんだタバコを口に運び、軽くひとくち吸って吐き出すと、エディに話しかけた。

「どう？」

「今夜はだめだ」

「文無しなの？」

エディは頷いた。

クラリスは、もうひとくちタバコを吸った。「つけにしたら？」

彼は首を横に振った。

「これまでにもつけにしたことがあるわ。あなたなら、いつでもつけがきくわよ」

「そうじゃない。疲れているんだ。くたくたなんだ」

「眠りたいの？」クラリスは腰を浮かした。

「いや」エディは言った。「坐っていてくれ。しばらくそこにいてほしい。話をしよう」

「いいわ」クラリスは深々と椅子にもたれかかった。「どっちにしろ、相手がほしかったんだから。あの部屋にいると、時々気が滅入るの。みんな、坐って話なんかしたがらないから。まるで、追加料金を取られると思っているみたい」

「今夜はどうだった？」

彼女は肩をすくめた。「まあまあね」バスローブのポケットに手を突っこむと、紙幣と硬貨が音を立てた。「金曜日の夜にしては悪くなかったんじゃないかしら。金曜の夜はたいてい商売にならないのよ。ハリエットのところで最後の一セントまで飲んでしまうか、ぐでんぐでんに酔っぱらって家に担ぎ込まれるか、どちらかだもの。それでなくても、騒がしくて連れてくることもできないんだから。先週、また家主に注意されたの。今度騒がしくしたら出ていってもらう、って」

「何年もまえからそう言ってるぜ」

「何であたしを追い出さないのかと思うときがあるわ」

「本当に知りたいか？」エディは曖昧な笑みを浮かべた。「家主の部屋はきみの真下だ。そうしたければ、他の部屋を使うこともできるはずだ。何といっても、彼女の家なんだからな。ところがどうだ、あの部屋から移ろうともしない。ということは、あの音が好きなんだな」

「あの音って？　どの音？」

「ベッドのスプリングだ」

「でも、彼女は七十六歳よ」

「そこだよ」エディは言った。「歳をとって実践できなくなると、せめて他のもので代用しようとする。彼女の場合は音だ」

クラリスはしばらく考えこんでいたが、やがて、おもむろに頷いた。「そう考えるようになったということは、彼女のところで何かあったのね」そして、ため息をついて言った。「あんなふうに歳をとるなんて、辛いことでしょうね」

「そう思うか？　おれはそう思わない。そいつはゲームの一部にすぎないんだ。誰にもあることさ」

「あたしはそんなふうにならないわ」彼女はきっぱりと言った。「六十歳になったら、ガス栓をひねるわ。何もしないでぶらぶらしていることに、どんな意味があるの？」

「六十歳を過ぎたって、することはたくさんあるさ」

「あたしにはないわ。裁縫グループに入ったり、毎晩ビンゴゲームをしたりする気はないの。そんなことしかできないなら、棺桶に入れられたほうがましよ」

「棺桶に入れられても、飛び出してくるだろう。とんぼ返りをしながら出てくるにちがいない」

「そう思う？　本当に？」

「ああ、きっとそうだ」エディはにんまりした。「連続二回宙返りにうしろ宙返り、拍手喝采だ」

まるでその様子が目に浮かぶかのように、クラリスの顔が明るくなった。だが、素足が堅い床に触れると、現実に引き戻された。彼女はベッドのなかの男を見つめた。

クラリスは椅子を離れ、ベッドの端に腰を下ろした。そして、エディの膝に掛かっているキルトに手を置いた。エディはちょっと顔をしかめた。「どうしたんだ、クラリス？」

「わからない、ただ、何かしたくなったの」

「だが、言ったはずだ――」

「あれは商売の話よ。これは商売じゃないわ。去年の夏、あたしがここへ来ておしゃべりをしたときのことを思い出したの。あなたは一文無しで、つけにしてあげるって言ったのに断わったわ。だから商売ぬきであれこれおしゃべりしてたら、あなたはあたしの髪型のことを口にしたのよ。とてもすてきだって、髪のセットの仕方がね。その晩自分でセットしたばかりで出来映えを気にしてたから、いい気分になってお礼を言ったわ。ありがとう、って言ったのを覚えてる。

でも、ありがとう、だけじゃ足りないと思ったの。ちゃんとしたお礼をしなくちゃいけないと思ったのね。いわゆるお返しじゃなくて、つまり、衝き上げるような感謝の気持ちを示さなくちゃ、って。結局、ただで寝てあげたわ。ねえ、いいことを教えてあげる。あたしにとって、あれがどんなだったか。天にも昇る気持ちだったわ」

エディはますます深刻な顔になっていた。その顔に無理やり笑みを浮かべて言った。「どうしたんだ？　詩でも作ってるのか？」

クラリスは小さく笑った。「そんなふうに聞こえるわね」そして、自分自身の口調を真似て言った。「――天にも昇る気持ちだった」彼女は首を振った。「しまった、テープに録っておいてバカな連中に売りつければよかった。とにかくあたしが言いたかったのは、去年のあの夏の夜は特別な夜だったってことよ。エディ、あの夜のことははっきり覚えてるわ」

エディはゆっくりと頷いた。「おれもだ」

「覚えてる？」クラリスは身をのりだした。「本当に覚えてる？」

「ああ、あれは滅多にない夜だった」

「そして、今夜もよ。確か、あれも金曜の夜だったわ」

「そうかな」

「まちがいないわ。確かに金曜の夜だった。だって、翌日はあなたの給料日だったもの。ハリエットは、いつも土曜日に給料を払うことにしているのよ。だから覚えているの。給料をもらうと、あなたはあたしが男たちと坐っているテーブルへやって来た。あたしに、三ドル払おうとしたのよ。あたしは、くそくらえ、って言ってやったわ。あなたはあたしが何を怒っているのか知りたがったけど、あたしは怒ってない、って言った。その証拠に酒をおごってあげたでしょ。ジンをダブルでね」

「そのとおりだ」エディは、ジンなど飲みたくなかったので形だけ受け取ったことを思い出した。乾杯をしたとき、彼女は自分とエディのグラス越しに見つめていた。まるで、ジンの力を借りなければ言えないようなことを言おうとしているかのようだった。あのことが、今よみがえった。ありありと思い出された。

「本当に疲れているんだ。でなけりゃ――」

クラリスの手が、エディの膝に掛かっているキルトから離れた。彼女は軽く肩をすくめた。「いいわ、金曜の夜がいつも同じ、ってわけじゃないでしょうし」

エディはかすかに顔をしかめた。

クラリスはドアのほうへ歩いていった。ドアのところで振り返り、親しげに微笑みかけた。エディは何か言いかけたが、ことばが出てこなかった。彼女の微笑みが気がかりな表情に変わった。

「どうしたの、エディ？」

エディは、自分がどんな表情を浮かべているのか気になった。屈託のない笑顔を見せようとしたが、できなかった。幾度も目をしばたたき、やっとのことで無理やり唇に笑みを浮かべた。

だが、クラリスはエディの目をのぞき込んでいた。「本当に大丈夫？」

「大丈夫だ、あたりまえじゃないか。心配事なんてないよ」

彼女は、信じてほしいと言うなら信じるわ、とでもいうようにウインクをよこした。そして、おやすみを言って部屋から出ていった。

5

エディはよく眠れなかった。ターリーのことを考えた。そして、自分に問いかけた、なぜ考えるんだ？ターリーが捕まらなかったことはわかっている。彼らがターリーを捕まえていたら、おまえには用がないはずだ。おまえのあとをつけたのは、どうしてもターリーと話し合いたいからだ。だが、何の話だろう？　まあいい、おまえの知らないことだ。それに、おまえにはどうでもいいことだ。だから、もう眠れるはずだ。

〈ハット〉でビール・ケースを床に落としたことを考えた。ケースを落としたとき、おまえは厄介ごとの種を蒔いたのだ。おまえがターリーと関係のあることを暴露したようなものだ。むろん、彼らはそれに飛びついた。おまえがターリーのところへ案内してくれる、そう考えたのだ。

だが、今のところは大丈夫だろう。第一の項目、二人はおまえがターリーの弟だということを知らない。第二の項目、おまえの住んでいるところを知らない。第三の項目は飛ばすことにしよう。それはウェイトレスのことだし、おまえは彼女のことを考えたくないからだ。よし、彼女のことは考えるまい、ターリーのことに専念しよう。ターリーが無事に逃げたことはわかったし、それを知って安心した。二人がおまえを捕まえることはないだろうということも、わかってよかった。何しろ、彼らは警察ではないのだから、聞き込みをして歩くことはできない。少なくともこの近辺では。このあたりで情報を得ることは至難の業だ。ここの住人は、正確な情報を教えるということになると口が重くなる。ことに、誰かの住所となればなおさらだ。おまえもそれがわからないほどの新参者ではあるまい。借金取りやその他もろもろの追跡者に対する堅固な防衛線があるのだ。だから彼らが誰に尋ねようと、何も聞き出せないはずだ。

だが、ちょっと待て。本当にそうだろうか？

確かなことがひとつある。おまえは眠らなければならないのに眠れない。おまえは騒ぎを起こして成功したが、実は何の意味もなかった。実状はそんなところだ、結局何にもならない。

エディは目を開け、窓を見つめていた。暗闇のなか、白い斑点が黒いスクリーン上を動いているのが見えた。外では、無数の白い斑点が舞い降りていた。彼はふと思った、今日は子どもたちがそり遊びをするだろう。おい、窓は開いてるのか？　ああ、開いてる、開いてるのが見えるじゃないか。クラリスが部屋を出たあとで、おまえが開けたんだ。よし、もっと大きく開けよう。もっと空気を入れるんだ、そうすれば眠れるかもしれない。

エディはベッドから出て窓に近づいた。窓をいっぱいに開け放ち、身をのりだして通りを見渡したが、そこには何もなかった。ベッドに戻って目を閉じ、そのままじっとしていると、やっと眠りに落ちた。一時間もしないうちに目が覚め、起き上がって窓に近づき、外に目をやった。通りは空っぽだった。もう二時間ほど眠ると、また見たくなった。窓のところへ行って身をのりだし、通りを見渡したが何もない。これが最後だ、エディは自分に言い聞かせた。二度と見るのはよそう。

目覚まし時計の文字盤のクリーム色の数字が、六時十五分を示していた。一時まで眠ろう、もう一眠りしよう、本格的に寝ることにした。一時半に合わせ、ベッドにもぐり込んで眠りについた。目覚ましを一時半に合わせ、いや、一時半にしよう。目覚まし八時に目が覚め、窓のところへ行った。そしてベッドに戻って十時二十分まで眠り、起きるとふたたび窓に足を運んだ。窓の外で動くものは雪だけだった。雪は激しさを増し、数インチは積もっているようだ。それをしばらく眺めていたが、またベッドに入って眠り込んだ。二時間後、起き上がったエディは窓のところにいた。何も変わったことはなく、ベッドに戻った。三十分もしないうちに目覚め、また窓のところに立った。通りには何もなかった、あのビュイック以外は。

ビュイックは、淡いグリーンとクリーム色の真新しいハードトップ・コンヴァーティブルだった。通りの反対側に駐まり、エディの窓から前席の二人が見えた。まず、フェルト帽に見覚えがあった。淡いグレイの帽子ともっと濃いグレイの帽子だ。やつらだ、エディは独り言を言った。やつらが現われたのだ。おまえには昨夜からわかっていた。だが、どうして住所がわかったのだろう?

調べてみよう。服を着て調べに行こう。

エディはゆっくりと身支度をした。やつらは待っていてくれるだろう、そう思った。彼らは急いでいるわけではない、待つことは気にしないはずだ。だが外は寒い、あまり長く待たせないほうがいい、それは思いやりがないというものだ。何といっても、二人はおまえを気づかっているのだから。彼らは実に思いやりがある。ここへ上がってきてドアを蹴破り、おまえをベッドから引きずり出さなかったのだから。すごくいい連中じゃないか。

エディはぼろぼろのオーヴァーコートを着こみ、部屋を出て階段を下り、正面のドアから外へ出た。そして雪の積もった通りを横切り、二人のほうへ歩いていった。にこにこと二人に微笑みかけている。さらに近づくと、彼は軽く手を振って会釈し、運転席の男が会釈を返した。背の低い痩せた男、淡いグレイの帽子をかぶった男だった。

車の窓が下ろされ、運転席の男が声を掛けた。「よう、エディ」

「エディ？」

「それがおまえの名だろ？」

「ああ、おれの名だ」彼はまだ微笑んでいた。その目が問いかけているようだった、誰に聞いた？

背の低い痩せた男が無言で答えた、そのことは後回しだ。そして声に出して言った。「おれはフェザーと呼ばれている。あだ名みたいなものだ。フェザー級なんでな」もうひとりの男を指した。「こいつはモーリスだ」

「会えてうれしいよ」エディは言った。

「こっちもだ」フェザーが言った。「あんたに会えて実にうれしい、エディ」彼は手をうしろに伸ばし、後部座席のドアを開けた。「何で雪の中に突っ立ってるんだ？乗って暖まれよ」

「寒くないんだ」

フェザーはドアを押さえていた。「車のなかのほうがもっと暖かいぞ」

「わかってる」エディは言った。「だが、外にいたいんだ。外のほうが好きなんだ」

フェザーとモーリスは顔を見合わせた。モーリスの手が懐に伸び、フェザーが声を掛けた。「やめておけ。そんなものは必要ない」

「やつに見せてやりたいんだ」モーリスが言った。

「見せなくても、やつにはわかってるさ」

「よくわかってないかもしれない。はっきりわからせてやる」

「わかった、見せてやれ」

モーリスは懐に手を入れ、小型の黒いレヴォルヴァを取り出した。ずんぐりして重そうだが、彼はまるで万年筆か何かのように扱った。くるりと一回転させると、それはぴたりと手のひらにおさまった。しばらくしてから、モーリスは銃を懐のホルスターへ戻した。フェザーがエディに言った。「車に乗りたくなったか？」

「いや」エディは言った。

フェザーとモーリスはまた顔を見合わせた。モーリスが言った。「おれたちが冗談を言ってると思ってるんだろ」

「冗談じゃないことはわかってるはずだ」

モーリスがエディに言った。「車に乗れ。どうだ？」

「乗りたくなったらな」エディはまた微笑んだ。「今は乗りたくないんだ」

モーリスは顔をしかめた。「いったいどうしたんだ？　おまえはバカじゃないはずだ。たぶん、頭がどうかしたんだろう」そして、フェザーに言った。「どう思う？」

フェザーは、エディの顔をまじまじと見つめた。「さあな」ゆっくりと、考えこんだ様子で呟いた。「何も感じないようだ」

「金属は感じるさ」モーリスが言った。「金属の塊を顔にぶち込まれたら、感じるだろう」

エディは開け放たれた窓の横に立ったまま、ポケットに手を突っこんでタバコを探した。フェザーが何を探しているのかと訊くと、エディは答えた。「タバコだ」だがタバコがないことがわかると、フェザーが一本渡して火をつけてやった。「ほしければ、もっとやるぜ。パックごとやってもいい。それでも足りなければ、一カートンやろう。それとも、現金のほうがいいかな」

エディは何も言わなかった。

「五十ドルでどうだ？」モーリスが、愛想よく微笑みかけた。

「そいつで何が買えるんだ？」エディは、二人のほうを見ずに言った。

「新しいオーヴァーコートだ」モーリスが言った。「おまえには新しいオーヴァーコートが必要だ」

「もっとほしいんだろう」フェザーが、またエディの顔を見つめた。エディが口を開くのを待っている。十五秒ほど待って言った。「数字を言ってみろ」

エディはおもむろに口を開いた。「見返りは何だ？　おれに何をしろと言うんだ？」

「わかってるはずだ」フェザーが言った。「百でどうだ？」

エディは答えなかった。彼の視線は開いた窓から斜めにフロントガラスを通り、ビュイックのボンネットの向こうに向けられていた。

「三百？」フェザーが訊いた。

「かなりの買い物ができるぜ」モーリスが口をはさんだ。「買いたいものはあまりないんだ」

「だったら、何で引き延ばしてるんだ？」フェザーが穏やかな口調で訊いた。

「引き延ばしてなんかいない。考えてるだけだ」

「おれたちがそんな金を持っているはずがない、と思っているのかもしれない」モーリスが言った。

「だから取引に応じないのか？」フェザーがエディに訊いた。「現金を見たいか？」

エディは肩をすくめた。

「いいとも、見せてやれ」モーリスが言った。「口先だけじゃないことをわからせてやれ。資金はたっぷりあるんだ」

フェザーは上着の内ポケットに手を入れ、光沢のあるトカゲ革の札入れを取り出した。そして、手の切れそうな札束を抜き出し、声を出して数えはじめた。独り言のようだったが、エディにも聞き取れるほどの声だ。二十ドル札と五十ドル札と百ドル札があった。合計では優に二千ドルを超えている。フェザーは金を札入れに戻し、ポケットに収めた。

「持ち歩くにしては大金だな」エディが言った。

「はした金さ」フェザーが答えた。

「そいつは収入による」エディが呟いた。「大金を稼げば大金を持ち歩くことができる。あるいは、おまえたちのものじゃないということもある。誰かから渡されたということだ」

「誰か？」フェザーの目が鋭くなった。「誰のことを言ってるんだ？」

エディはまた肩をすくめた。「つまり、おまえたちが大物に雇われているとしたら――」

フェザーはモーリスに目配せした。しばらく沈黙がつづいた。やがて、フェザーがエディに言った。「生意気な口を利くつもりじゃないだろうな？」

エディは無言で痩せた小男に微笑みかけた。

「いいか」フェザーは静かに言った。「おれに生意気な口を利くなよ。おれを怒らせるだけだ。そうなったら取引の話はできない。堪忍袋の緒が切れるからな」彼はハンドルを見つめていた。ハンドルのすべすべした縁に細い指を遊ばせている。「さてと、どこまで行ったかな？」

「三百だ」モーリスが口をはさんだ。「そいつは三百でも応じないって言うんだ。だったら、どうだ、五百にしたら――」

「よし」フェザーはエディを見つめた。「五百ドルでどうだ」

エディは指にはさんだタバコに目を落とした。それを口に運び、じっと考え込みながら一服吸い込んだ。

「五百ドル」フェザーが言った。「これ以上は出せない」

「最終決定か？」

「そうだ」フェザーは上着の内側に手を伸ばし、札入れを取り出そうとした。

「お断わりだ」エディは言った。

フェザーはまたモーリスと目を見交わした。「わけがわからんな」フェザーは、まるでエディがそこに存在しないかのように言った。「いろんなやつを見てきたが、こんなやつははじめてだ。いったいどうしたんだ？」

「おれに訊いてるのか？」モーリスは手のひらを上に向け、絶望的な身振りをした。「おれにわかるもんか。頭がおかしいのさ」

エディは屈託のない笑みを浮かべ、目を宙に向けていた。突っ立ったまま、軽くタバコを吹かしている。オーヴァーコートのボタンは外したままで、風にも雪にも気づいていないかのようだ。車内の二人はエディを見つめ、彼がことばを発してその存在を示すのを待っていた。

ついにフェザーが口を開いた。「わかった、別の角度から考えてみよう」彼の口調は穏やかだった。「こういうことだ、エディ。おれたちはやつと話がしたいだけだ。痛い目に遭わせるつもりはない」

「誰のことだ？」

フェザーは指を鳴らした。「よせよ、率直に話そう。誰のことを言っているのかわかってるはずだ。おまえの兄貴だ。兄貴のターリーだ」

エディは表情を変えなかった。瞬きひとつしなかった。彼は心のなかで言った、そら来た。彼らはおまえがターリーの弟だということを知っている。つまり、すでに巻き込まれているということだ。逃れるすべを思いつくといいが。

フェザーの声が聞こえた。「おれたちはやつを話し合いの席に着かせたいんだ。おまえは連絡をとりさえすればいい」

「そいつは無理だ。居場所を知らないんだ」

「本当か?」モーリスが口をはさんだ。「やつをかばおうとしているんじゃないだろうな?」

「何で、おれが?」エディは肩をすくめた。「たんに兄というだけのことだ。やつをかばって五百ドルをふいにするなんて愚の骨頂だぜ。だいたい、兄弟って何だ? 兄弟なんて、何の意味もない」

「また生意気な口を利きはじめたぜ」フェザーが言った。

「兄弟、おふくろ、親父」エディはまた肩をすくめた。

「別にどうってことはない。カウンターで売っている商品みたいなものだ。つまり」そして、いくらか声をひそめた。「ものは考えようってことだ」

「やつは何を言ってるんだ?」モーリスが訊いた。

「おれたちに、くそ食らえ、と言ってるんだろうよ」フェザーが言った。彼がモーリスに目を向けておもむろに頷くと、モーリスはレヴォルヴァを取り出した。フェザーはエディに言った。「ドアを開けて車に乗れ」

エディはその場に立ったまま笑みを浮かべた。

「こいつをお見舞いされたいんだな」モーリスが言い、セーフティの外れる音がした。

「いい音だ」エディが言った。

「もっといい音を聞きたいか?」フェザーが押し殺した声を出した。

「そのまえに五つ数えなくちゃな」エディがフェザーに言った。「さあ、五つ数えろよ。あんたが数えるのを聞きたい」

フェザーの痩せた顔が蒼白になっていた。「三つにしよう」だが、そう言う彼の視線は、エディのうしろに向けられていた。

「いいとも、三つ数えよう。おまえの代わりに数えてほしいか？」エディが言った。

「あとにしよう」フェザーは、まだエディの背後に目を向けたまま笑みを浮かべた。「彼女が来てからだ」

　エディは急に雪と風を感じた。風はとても冷たかった。エディはこう言っていた。「誰が来てからだって？」

「女だ」フェザーが言った。「昨夜おまえといっしょにいた女だ。おまえに会いに来た」

　振り向くと、彼女が通りをやって来るのが目に入った。通りを斜めに横切り、車に向かって歩いてくる。エディは警告しようとして軽く手を挙げた。来るな、来ないでくれ。彼女は足を止めなかった。エディは思った。彼女にはわかっている。おまえの状況がわかっていて、助けられると思っているのだ。だが、あの銃がある。彼女には銃が見えない――

　フェザーの声が聞こえた。「おまえの恋人か？」

　エディは答えなかった。ウェイトレスが近づいてきた。ふたたび警告の身振りをしたが、彼女はすでにすぐそばにいた。エディは、彼女から車の内部へ目を移した。斜め外を向いて坐ったモーリスが、二人を同時に狙えるように構えた銃をゆっくり左右に動かしている。もうたくさんだ。彼は思った。彼女まで巻き込んでしまった。

6

彼女はエディの横に立ち、二人は銃を見つめていた。エディは事情を訊かれると思っていたが、彼女は何も言わなかった。フェザーは二人がゆっくりと銃を眺め、時間をかけて銃のことを考えられるように、シートにもたれて微笑みかけていた。三十秒もそうしていただろうか、フェザーがエディに話しかけた。「さて、お決まりのカウントだが、これでもまだ、三つ数えてほしいか？」

「いや」エディは言った。「その必要はないだろう」エディは顔をしかめないように努めていた。ウェイトレスがひどく煩わしかった。

「どこに坐らせる？」モーリスが訊いた。

「おまえはうしろだ」フェザーはモーリスから銃を受け取り、ドアを開けて車を降りた。銃を脇に構え、エディとレナを追い立てるようにして助手席側に回った。そして、フロントシートに坐るよう二人を促した。エディが先に乗り込もうとすると、フェザーが押しとどめた。「いや、女がまん中だ」レナが車に乗り込み、エディがあとにつづいた。モーリスが後部座席から手を伸ばし、フェザーから銃を受け取った。一瞬反撃のチャンスがあったが、たいしたチャンスではなかった。エディは考えた。どんなに速く動いても銃には勝てない。奪い取ろうとすれば撃ってくる。しかも、弾のほうが速いに決まっている。ここは現実を見据えてドライヴに付き合ったほうがよさそうだ。

エディは、フェザーが運転席に乗り込むのを眺めていた。ウェイトレスは、坐ったままフロントガラスから前方を見つめていた。「楽にしろよ」フェザーがレナに言った。「くつろいだほうがいい」彼女はフェザーに顔を向けずに答えた。「どうも」そして腕組みをし、背もたれに寄りかかった。フェザーがエンジンをかけた。

ビュイックは滑るように通りを進んでいった。角を曲がり、別の狭い道を通って広い道路に出た。フェザーはラジオをつけた。クール・ジャズのバンドが軽快な演奏をしていた。それは心地よい音楽で、優しい音色のサキソフォンと熟練した軽いタッチのピアノ演奏が中心となっていた。たぶん、素晴らしいピアノだ、エディは独り言を言った。バド・パウエルだろう。

レナの声がした。「どこへ行くの？」

「恋人に訊けよ」フェザーが答えた。

「恋人じゃないわ」

「とにかく、その男に訊け。そいつが案内役だ」

レナはエディに目を向けた。エディは肩をすくめただけで、音楽に耳を傾けている。

「さあ」フェザーが声をかけた。「案内してもらおう」

「どこへ行きたいんだ？」

「ターリーだ」

「それ、どこにあるの？」

「街じゃない」フェザーが言った。「そいつの兄貴だ。おれたちはそいつの兄貴に用があってな」

「昨夜の人？」レナはエディに訊いた。「〈ハット〉から逃げだした人ね」

エディは頷いた。「彼らが調べたんだ。まず、あれがおれの兄貴だということを突き止めた。次に、もっと詳しい情報を手に入れた。おれの住所を知っている」

「誰が教えたの？」

「見当はついている。だが、確信はない」

「おれが説明してやる」フェザーが言った。「今朝店が開くと、おれたちはもう一度行ってみた。二、三杯飲むうちに、腹の出た男と話すようになった。元プロレスラーみたいな男だ――」

「プラインだわ」ウェイトレスが口をはさんだ。

「それがやつの名前か？」フェザーが軽くクラクションを鳴らすと、そり遊びをしていた二人の子どもが縁石に飛び退いた。「おれたちがカウンターにいると、やつがなれなれしいそぶりを見せはじめた。自分は支配人だと言って、店のおごりで酒を出してくれた。そして、本音を隠したまま、あれこれしゃべりだしたんだ。やつはしばらくうまくやっていたが、終いには無理が出てしどろもどろになってきた。おれたちはただやつを見つめていた。すると、やつはおれたちの気を惹こうとしはじめた。何の商売をしてるのか、って訊くんだ」

「もの欲しそうな顔をしてたぜ」モーリスが後部座席から口をはさんだ。

「ああ、おれたちが大物だと思って、コネをつけたがっているようだった。ああいった過去の人間がどういうものか、知ってるだろう？　連中はみんな、もう一花咲かせたいと思っている」

「みんなじゃないわ」ウェイトレスは一瞬エディに目を走らせた。そして、またフェザーに向き直った。「つづけて」

「ああ、おれたちは何も教えなかった。やつがしびれを切らすように、ただ意味のない話をしただけだ。そして、その話を打ち切ると、まるでどうでもいいことだというようにビール・ケースをひっくり返したこのお友達のことに触れたのさ。もちろん、一か八かの賭けだ。だが、うまくいった」フェザーはエディの顔を見て楽しそうに微笑んだ。

「見事に大成功だ」

「プラインのやつ！」ウェイトレスが言った。「あのおしゃべり！」

「やつにとっても大成功だ」フェザーが言った。「情報の見返りに五十ドル渡したからな」

「五十ドル出したら、やつの目の玉が飛び出したぜ」モーリスが言った。

「それで、やつはますます欲を出した」フェザーは軽く笑い声を立てた。「また来てくれ、と言ってたぞ。何か他にできることがあるなら、言ってくれと――」

「ごうつくばり」レナが言った。「汚らわしいブタ野郎だわ」

　フェザーは笑いが止まらなかった。振り返ってモーリスに話しかけた。「そう言えば、ブタに似てたな。ほら、五十ドルに飛びついたときのことだ。ブタが残飯に食らいつくときにそっくりだった――」

　モーリスがフロントガラスを指さした。「前に気をつけろ」

フェザーは笑うのをやめた。「誰がハンドルを握ってるんだ?」

「おまえだ。だが、この雪を見ろよ。凍ってるぜ。チェーンを持ってないんだ」

「チェーンなんか必要ない。スノー・タイヤを履いてるんだ」

「たとえそうでも、慎重に運転したほうがいい」

フェザーはまたモーリスに顔を向けた。「おれに運転のしかたを指図するつもりか?」

「頼むよ、おれはただ――」

「おれに運転のしかたを指図するな。運転のことで指図されるのはご免だ」

「雪が降ってるときは事故が起きやすいものだ。無事に目的地に着きたいからな――」

「そいつは分別のある言い草だな」フェザーが言った。

「だが、肝心なことを忘れている。目的地がまだわからないんだぞ」

そして、エディに探るような視線を送った。

エディはラジオの音楽に聴き入っていた。

フェザーはインストルメント・パネルに手を伸ばしてラジオのスイッチを切り、エディに言った。「どこへ行ったらいいか知りたい。少しばかり手伝ってくれるよな?」

エディは肩をすくめた。「言っただろ、ターリーがどこにいるか知らないんだ」

「見当がつかないか? 全然?」

「大きな街だからな。大都会だ」

「街にはいないかもしれない」フェザーが呟いた。

エディは何度か瞬きをした。まっすぐ前方を見つめたまだ。ウェイトレスの視線を感じた。

フェザーはやんわりと探りを入れてきた。「街にはいないかもしれない、と言ったんだ。地方にいるかもしれない」

「何だって?」エディは言った。よし、彼は自分に言い聞かせた。落ち着け、たぶん当てずっぽうを言ってるんだ。

「地方だ。たとえば、ほら、ニュー・ジャージーとか」

やられた、エディは思った。当てずっぽうなどではない。

「あるいは、もう少し範囲を狭めようか」フェザーが言った。「サウス・ジャージーにしよう」

今度は、エディがフェザーを見つめた。だが、何も言わなかった。ウェイトレスは膝の上で両手を組み、静かにゆったりと二人のあいだに坐っていた。

モーリスはそらとぼけて茶化すように言った。「サウス・ジャージーがどうしたんだ？　サウス・ジャージーに何があるんだ？」

「スイカだよ」フェザーが答えた。「サウス・ジャージーはスイカができるところだ」

「スイカ？」モーリスはボケ役を演じていた。「誰が作ってるんだ？」

「農民に決まってるじゃないか、バカが。サウス・ジャージーには農民が多いんだ。小さな農園がたくさんある、スイカ農園がな」

「どこに？」

「どこにって？　どういう意味だ？　今言ったばかりじゃないか。サウス・ジャージーにだ」

「スイカの木が？」

「聞いたか？」フェザーはフロントシートの二人に言った。「こいつは、スイカが木になると思っている」そして、モーリスに向かって言った。「スイカは地面にできるんだ。レタスみたいにな」

「へえ、レタスが生えているのは見たことがあるが、スイカは見たことがない。何で、スイカを見たことがないんだろう？」

「注意していなかったからだ」

「もちろん注意したさ。いつも、景色は注意深く見てるんだ。とくに、サウス・ジャージーではな。サウス・ジャージーには何度も行ったことがある。ケープ・メイにも、ワイルド・ウッドにも。サウス・ジャージーを通った」

「スイカを見なかったか？」

「全然」

「夜だったんだろう」

「かもしれない」モーリスはタイミングを計ってからつづけた。「それとも、そういう農園は大通りから離れているのかもしれないな」

「そうも考えられる」フェザーは素早くエディに目を走らせ、満足げに言った。「農園のなかには、森の奥に引っ込んでいるものもある。そういうスイカ農園のことだ。まるで、隠れているみたいに――」

「わかったわよ、もういいでしょ」ウェイトレスがいきなり口をはさんだ。彼女はエディに顔を向けた。「この人たち、何の話をしてるの？」

「何でもない」エディは答えた。

「何でもなければいいがな」モーリスが言った。

ウェイトレスはフェザーに向き直った。「どういうこと？」

「そいつの家族のことだ」フェザーはまたエディに目を向けた。「さあ、話してやれよ。話したほうがいい」

「何を話せというんだ？」エディは穏やかな口調で言った。「話すことなんかあるか？」

「たくさんあるだろう」モーリスが口をはさんだ。「おまえが関わっているならな」彼はそっと銃を動かし、エディの肩に触れるか触れない程度に突き出した。「関わっているのか？」

「おい、よせよ――」エディは肩を退いた。

「どうしたんだ？」フェザーが訊いた。

「こいつ、銃を怖がってるぞ」

「ああ、怖がっている。おれだって怖い。そいつをどけてくれ。衝突でもしたら、弾が飛び出す」

「こいつにわからせてやりたいんだ――」

「わかってるさ。二人ともわかっている。そいつがあることは、触らなくてもわかってるさ」

「わかった」モーリスが不機嫌な声で言った。「わかった、わかった」

フェザーの顔を見つめていたウェイトレスが、その目をエディに移し、またフェザーに戻した。「ねえ、彼が話せなくても、あなたなら――」

「やつの家族のことか？」フェザーはにっこりした。「ああ、いくつかわかってることがある。両親と二人の兄がいる。あのターリーともうひとり、名前はクリフトン。そうだな、エディ？」

　エディは肩をすくめた。「あんたがそう言うならそうなんだろう」

「おれの考えていることがわかるか？」モーリスがおもむろに言った。「おれはこいつも関わっていると睨んでいる」

「何に？」ウェイトレスが嚙みついた。「少しは教えてくれてもいいじゃない――」

「そのうちわかる」フェザーが言った。「その家に着けばわかるだろう」

「どの家？」

「サウス・ジャージーの家だ。森のなかにある。そこは以前スイカ農園だったが、今は雑草が生い茂って農園じゃなくなった。雑草に囲まれた、ただの古い木造家屋だ。それに、その森だ。周囲には何マイルにもわたって家がない――」

「道もない」モーリスが言い添えた。

「少なくとも、舗装された道路はない」フェザーが言った。「森の奥へつづく荷車用の小道があるだけだ。行けども行けども、目に入るものは木々ばかり。そして、やっとその家が現われる。すべてのものから隔絶された一軒家。いわゆる、陰気な家だ」彼はエディに目をやった。「ぐずぐずしている暇はない。おまえは道を知っているはずだ。そこへ案内するのがおまえの役目だ」

「何で？」ウェイトレスが訊いた。「どうして案内する必要があるの？　行ったことがあるみたいに話して聞かせたじゃないの」

「行ったことはない」フェザーはエディから目を離さなかった。「話に聞いただけだ。だが、やつらはあることを言い忘れた。行き方を教えるのを忘れたんだ」

「そいつが教えてくれるさ」モーリスが言った。

「ああ、きっと教えてくれる。そうするほかないだろう？」

　モーリスはエディの肩を小突いた。「さっさとしゃべっちまえよ」

「まだだ」フェザーが口をはさんだ。「ジャージーへ入る橋を渡ってからだ。そこからどう行くか教えてもらおう」

「彼は知らないかもしれないわ」ウェイトレスが言った。

「まさか」フェザーがぴしゃりと言った。「そいつはその家で生まれ育ったんだぞ。そいつにとっては、家族を訪ねる里帰りの旅だ」

「感謝祭に家に帰るようなものだ」モーリスはそう言ってまたエディの肩に触れた。今度は親しげに軽く叩いただけだった。「何といっても、我が家がいちばんだぜ」

「ただし、そこは我が家じゃない」フェザーが穏やかに言った。「隠れ家だ」

7

彼らは、フロント通りをデラウェア・リヴァー・ブリッジへ向かって南下していた。しだいに交通量が多くなり、リーハイ・アヴェニューの南で渋滞に巻き込まれた。乗用車やトラックの通行に加え、土曜日の午後の買い物客の群れがゆっくりと歩いている。なかには吹雪に向かって頭を下げ、車などお構いなしに通りを渡る歩行者もいる。ビュイックはのろのろと進み、フェザーはクラクションを鳴らしつづけた。モーリスは歩行者に悪態をついていた。ビュイックの前を、年代物の車がチェーンをつけずに走っている。その車にはワイパーもついていない。時速十五マイルくらいのスピードで進んでいた。

「クラクションを鳴らせよ」モーリスが言った。「もう一度鳴らしてやれ」

「どうせ聞こえないさ」フェザーが言った。

「鳴らせよ。鳴らしつづけるんだ」

フェザーがクロムメッキを施したハンドルの縁を押すと、クラクションがけたたましく鳴り響き、いつまでも鳴りつづけた。前の車のドライヴァが振り向いて睨みつけたが、フェザーはそのまま鳴らしつづけた。

「追い越せ」モーリスが言った。

「無理だ」フェザーは呟いた。「道が狭すぎる」

「今だ。対向車はない」

フェザーは左へハンドルを切り、さらにまた少し外に出た。そしておんぼろ車を追い越しにかかったとき、パン屋のトラックが走ってきて正面衝突しそうに見えた。

フェザーは力任せにハンドルを切り、間一髪で車列に戻った。

「行っちまえばよかったのに」モーリスが言った。「充分空いてたぞ」

フェザーは答えなかった。

中年女の一団が、ビュイックと前の車のあいだを横切った。ビュイックの存在にまったく気づいていないようだ。フェザーは思いきりブレーキ・ペダルを踏んだ。

「何で停まるんだ?」モーリスが大声を出した。「轢かれたいなら、轢いてやればいい!」

「そのとおりよ」ウェイトレスが言った。「突っ込みなさいよ。ぺしゃんこにしてやりなさいよ」

女たちは道を渡り終え、ビュイックは走りだした。すると、子どもの群れが飛び出してきてビュイックはまた停止した。

モーリスは窓を開け、顔を突き出して怒鳴った。「おまえら、何やってるんだ」

「くたばっちまえ」子どものひとりが言った。七歳ぐらいの女の子だった。

「首をへし折ってやるぞ」モーリスが大声で言った。

「やってみなさいよ」女の子は歌で返した。「あたしの青いスエードの靴には手を触れないで」

他の子どもたちも、ギターを弾く真似をしたり歌手の身振りをしたりしながら、ロックンロールの〝ブルー・スエード・シューズ〟を歌いだした。モーリスは窓を閉め、歯ぎしりをした。「不良どもが」

「そう、これは大変な問題なのよ」ウェイトレスが口をはさんだ。

「黙ってろ」モーリスが言った。

彼女はエディに顔を向けた。「問題は遊び場が少ないことなのよ。もっと遊び場を作る必要があるわ。そうしたら、街に出てくることもなくなるでしょうに」

「そうだな」エディは言った。「みんなが何かすべきだ。これは深刻な問題だ」

ウェイトレスはモーリスを振り返った。「どう思う？何か意見はない？」

モーリスは聞いていなかった。また窓を開けて顔を突き出し、対向車に神経を集中していた。彼はフェザーに声をかけた。「今だ、行け――」

フェザーはハンドルを切りはじめたが、ふと思い直して車列に戻った。一瞬遅れて反対方向から、一台のタクシーがうなりを上げて走ってきた。すれ違うとき、あまりの速さに黄色い車体が霞んで見えた。

「行けたじゃないか」モーリスは不満そうだった。「悠々間に合った――」

フェザーは何も言わなかった。

「チャンスがあるうちに追い越さないと。おれがハンドルを握ってれば――」

「そうしたいか？」フェザーが訊いた。

「いや、おれが言ったのは――」

「ハンドルを渡してやろう。首の周りにくくりつけてやる」

「カリカリするなよ」モーリスが言った。

「運転はおれに任せておけ。いいな？」

「わかったよ」モーリスは肩をすくめた。「おまえがドライヴァだ。運転のしかたを心得てる」

「だったら、静かにしてろ」フェザーはまた前を向いた。「おれにできることといったら、車を操ることくらいだ。車の扱いに関しては、おれに口出しできる人間はいない。おれは、車を自在に操れるんだ――」

「追い越しは別だがな」モーリスが言った。

フェザーがまたうしろを向いた。凄みのある目で、背の高い痩せた男を見つめていた。「何なんだ？　おれを怒らせようっていうのか？」

「いや、ほんの無駄話をしているだけだ」

フェザーはまだモーリスを見つめていた。「おれにはそんな無駄話をしなくていい。他のやつにしろ。他のやつに運転のしかたを教えてやれ」

モーリスはフロントガラスを指さした。「道路から目を離すな——」

「やめないつもりだな？」フェザーは、後部座席の男がもっとよく見えるようにからだをずらした。「ひとつ言っておく、モーリス。いいか——」

「信号を見ろ！」モーリスが大声を上げ、狂ったようにフロントガラスを示した。「赤だぞ——」

フェザーはまだモーリスを見つめていた。「いいか、モーリス。これが最後だ——」

「信号だ！」モーリスは金切り声を発した。「赤、赤だ、停まれ——」

フェザーがアクセルから足を放して軽くブレーキを踏んだとき、ビュイックは交差点の二十フィートほど手前にいた。車がスピードを落とし、エディがウェイトレスに目を走らせると、彼女は交差する道路の反対側に目を据えていた。そこでは黒と白に塗られたパトカーが違法駐車のトラックに横付けし、二人の警官が通りに立って運転手と話をしていた。パトカーに気づいたエディは、ウェイトレスがそれに気づくだろうか、どうしたらいいかわかるだろうかと考えた。彼は思った、今だ、二度とチャンスはない。

ウェイトレスは左足を移動し、アクセルを思いきり踏み込んだ。ビュイックが赤信号を無視して突っ込み、西へ向かう車にぶつかりそうになると、歩行者が飛び退いた。車は路面電車の軌道を越えて南へ進み、ウェイトレスがアクセルを踏んでいる最中にフェザーがブレーキを踏んだので、ふらふらと尻を振った。東へ向かう一台のトレーラーが、乱暴にカーヴを切って歩道に乗り上げた。女たちが悲鳴を上げ、歩道は大騒ぎになり、ブレーキが悲鳴を上げ、ついに警官のホイッスルが響き渡った。

ビュイックは路面電車の軌道の南側に停まった。フェザーはシートにもたれ、横目でウェイトレスを見つめていた。エディは警官に目をやった。警官はトレーラーのドライヴァを怒鳴りつけ、歩道から車をどけるように命じていた。かなりショックを受けている歩行者もいたが、けが人はいなかった。二、三人の女が非難するようにビュイックを指さし、支離滅裂なことをわめき散らしていた。ビュイックの車内では、誰も口をきかなかった。車の周りの人だかりが増えた。フェザーは、まだウェイトレスを見つめていた。エディがバックミラーに目を走らせると、モーリスは帽子を脱いでいた。両手で帽子を持ち、呆然と車外の見物人を見つめていた。そのなかの数人がフェザーに何か言っている。やがて、見物人がパトカーからやって来た警官に道を空けた。もうひとりの警官は、まだ違反者にかかりきりだ。ゆっくりと首を回してみると、ウェイトレスはエディを見つめていた。彼が何か口にするのを、あるいは行動に移すのを、待っているようだ。彼女の目が語りかけていた。あなたの番よ、ここからはあなたに任せるわ。エディは小さな身振りで自分を指した。まるで、よし、おれに任せておけ、とでも言っているようだった。おれが話をしよう。

警官は穏やかな口調でフェザーに言った。「まず、この車を片づけよう。路肩に寄せなさい」ビュイックはゆっくりと交差点を渡り切り、警官はドライヴァを誘導しながら南東の角までついてきた。「エンジンを切って」警官がフェザーに言った。

「車を降りて」

フェザーはエンジンを切り、ドアを開けて外へ出た。

見物人はおしゃべりをやめなかった。ひとりの男が言った。「そいつは酔っ払ってるんだ。あんな運転をするなんて、酔っているにちがいない」年配の女がわめき散らした。「安全なんてもうどこにもないわ。外へ出るのも命がけよ――」

警官がフェザーに近寄った。「何杯飲んだ?」フェザーは答えた。「二杯だけです。バーまで乗せていきますから、バーテンダーに訊いてみたらどうです」警官は、フェザーを頭のてっぺんからつま先までじろじろと眺め回した。

「わかった、酔っぱらってはいないんだな。だったら、これをどう説明するんだ?」フェザーが答えようとして口を開けたところへ、エディが素早く割り込んだ。「彼は運転ができないだけです。下手くそなんです」フェザーは振り返ってエディを見つめた。エディはつづけた。「道路に出るといつも慌ててしまうんです」そして、ウェイトレスに顔を向けた。「おいで、ハニー。もうたくさんだ。路面電車に乗ろう」

「ごもっともです」警官は車を降りる二人に言った。後部座席からモーリスが声をかけた。「あとで会おう、エディ」そして一瞬ためらいを見せた。エディは、ちらりと警官に目をやって考えた。おまえは警官に事情を話したいのか? そのほうがいいと思うのか? いや、エディは結論を下した。たぶん、こうするほうがいいだろう。

「またな」人込みのなかへ消えていく二人に、モーリスが声をかけた。ウェイトレスは足を止め、モーリスを振り返った。「ええ、電話してね」そして、ビュイックに乗った背の高い痩せた男に手を振った。「待ってるわ——」

二人は人込みをかきわけて進んでいった。フロント通りを北へ歩いていた。雪はいくぶん弱まっている。気温もいくらか上がり、太陽が顔を見せようとしていた。だが風は少しも治まらず、肌を刺すようだった。エディは思った、明日はもっと降りそうだ。この変わりやすい天気では、空の色でわかる。ブリザードがやって来るかもしれない。

「この通りから離れましょう」ウェイトレスの声がした。

「やつらは戻ってこないよ」

「来るかもしれないわ」

「そうは思わないな。警察の取り調べが終わるころには、きっとくたくたになってる。映画か蒸し風呂にでも行くだろう。今日はいろいろありすぎたし」

「あとで会おう、って言ってたわ」

「きみはうまく答えたよ。待ってる、って言っただろ。それで、やつらには考えなければならないことが増えた。きっと、本当にそのことを考えるだろう」

「いつまで考えているかしら?」彼女はエディに目を向け

た。「どれくらいしたら、またやって来るかしら？」

エディは何気ないしぐさをした。「さあね。何で気になるんだ？」

ウェイトレスは、エディの何気ないしぐさと無頓着な口調を真似た。「そうね、あなたの言うとおりかもしれないわね。ただし、ひとつだけ忘れてるわ。彼が持っていたのは水鉄砲じゃないってこと。もしまたあたしたちを捜しにきたら、それが心配のタネになるかもしれないわ」

エディは無言だった。二人は少し足を速めていた。「そうでしょ？」ウェイトレスが訊いたが、エディは答えなかった。彼女はもう一度訊いた。エディの顔を見つめ、答えを待っている。「どう思う？」そう言って、エディの腕を取った。彼らは足を止め、向かい合った。

「いいか」エディは曖昧に微笑んだ。「きみには関係ない」

彼女は片足に体重を移し、腰に手を当てた。「意味がわからないんだけど」

「簡単すぎるほど簡単だ。きみが昨夜言ったことをそのまま言っただけだ。あれはきみの本心だと思った。少なくとも、本心だと思いたい」

「つまり」ウェイトレスは深く息をついた。「いらぬお節介をするな、って言いたいのね」

「いや、そういう言い方をするつもりはない——」

「何で？」声が少し大きくなった。「気を遣わないでよ」

エディはウェイトレスのうしろを見つめ、穏やかな笑みを浮かべた。「ピリピリするのはよそう——」

「あなた、気を遣いすぎるわ。言いたいことがあるなら、言ってよ。持って回った言い方はよして」

エディの笑みが消えた。もう一度笑顔を作ろうとしたが、できなかった。彼女を見るな、彼は自分に言い聞かせた。見ようものなら、昨夜路地で寄り添っていたときと同じように、何かがはじまってしまう。

彼女はすぐそばにいる、そのことを考えはじめた。あまりにも近すぎる。彼は後退りし、彼女のうしろに目を据えたまま、こう言っていた。「おれには必要ない」

「何が？」

「何でもない」エディは口ごもった。「気にしないでくれ」

「気にしてないわ」

エディはたじろいだ。彼女に一歩近づいた。おまえは何をしてるんだ？　そう自分に問いかけた。頭をはっきりさせようと首を振った。無駄だった。めまいがした。

彼女の声が聞こえた。「ねえ、自分が誰と友達なのか知っておきたいわ」

「おれたちは友達じゃない」彼は言い、自分でもそう信じ込もうとした。ウェイトレスに向かってにやりとした。

「ここに立っておしゃべりをしているだけだ」

「そうかしら？」

「ああ、それだけだ。他に何があるというんだ？」

「私にはわからなかったでしょうね」彼女は無表情だった。

「つまり、言われなければわからなかっただろう、ということよ」

聞き流そう、聞き流したほうがいい。だが、彼女を見てみろ。待っているぞ。それどころか、待ちこがれている。おまえに何か言ってほしくてたまらないんだ。

「歩こう。ここに立っていてもしょうがない」

「そのとおりだわ」彼女は微かに笑みを浮かべた。「確かにしょうがないわね。さあ、歩きましょう」

ふたたびフロント通りを北へ向かって歩きだした。ゆっくりとした足取りで、会話もなかった。無言で数ブロック歩くと、ウェイトレスがふと足を止めた。「ごめんなさい、エディ」

「ごめんなさい？　何のことだ？」

「差し出口をして。余計なお節介をするべきじゃなかったわ」

「余計なお節介じゃないよ。当然といえば当然だし」

「ありがとう」二人は安物雑貨店の前に立っていた。彼女はショーウインドウに目をやった。「ちょっと買い物をしていくわ――」

「おれがいっしょに行ったほうがいいだろう」

「いいえ、ひとりで大丈夫」

「いや、つまり、万が一やつらが――」

「あら、心配することはないって言ったのはあなたよ。映画か蒸し風呂にでも行くだろうって——」

「あるいはウールワースにでも」エディは口をはさんだ。

「このウールワースに入るかもしれない」

「だったらどうだって言うの？」彼女は軽く肩をすくめた。

「彼らが追っているのはあたしじゃないわ。あなたよ」

「それならいいが」エディは彼女に微笑みかけた。「だが、必ずしもそううまくいかないこともある。きみは顔を覚えられた。おれと関係があると思われている。まるで、おれたちが仲間だとでもいうように——」

「仲間？」ウェイトレスはエディから目をそらした。「仲間が聞いてあきれるわ。あなたは真実を話そうともしないじゃない」

「何のことだ？」

「サウス・ジャージーのことよ。森のなかの家や家族のこと——」

「それについては、真実なんて何もない。あそこがどうなってるか、まるでわからないんだ」

「心あたりもないっていうの？」彼女はちらりと横目でエディを見た。

エディは答えなかった。彼は思った、おまえに何が言える？　自分でもわからないのに、いったい何が言えるというのだ？

「いいわ」彼女は言った。「何だかわからないけど、警察に知られたくないということだけはまちがいなさそうね。さっきのあなたの態度、銃のことを警察に言わなかったでしょ。警察に首を突っ込まれたくないのね。あるいは、家族を警察に渡したくないとか、そんなところね？」

「ああ、そんなところだ」

「他には？」

「何も、何も知らない」

「わかった」ウェイトレスは言った。「わかったわ、エドワード」

静寂が押し寄せた。バルブが開いて静寂がなだれ込んできたかのようだった。

「それとも、エディかしら？」彼女は声に出して自問した。

「そうね、今はエディ。〈ハット〉でピアノの前に坐っているときはエディね。でも、何年かまえにはエドワードだった——」

彼は、やめてくれ、というように手を振った。

彼女が言った。「エドワード・ウェブスター・リン、カーネギー・ホールで演奏するコンサート・ピアニスト」

彼女は背を向けて安物雑貨店に入っていった。

8

それは事実だ、エディは思った。それにしても、なぜわかったのだろう？ どこから秘密が漏れたのだろう？ そのことはよく考えてみなければならない。あるいは、考えるまでもないのかもしれない。彼女が何かを思い出しても不思議ではない。急に思い出したにちがいない。そうだ、そういうことはよくあることだ。顔、名前、音楽、と次々に思い出したんだ。それとも、音楽、名前、顔の順だろうか。すべてが絡み合ってひとつになり、七年前の過去からよみがえったのだ。

いつ気づいたのだろう？ 彼女はこの四ヵ月、週六日〈ハット〉で働いてきた。昨夜までは、おまえの存在さえ気にしていなかった。だったら、そこに目を向けよう。昨夜、何か起こったのか？ おまえがピアノの名演奏でもしたのか？　たとえば、バッハの一、二小節でも。あるいは、ブラームスかシューマンかショパンでも。いや、ちがう。誰が彼女に教えたか、おまえにはわかっている。それはターリーだ。

まちがいなくターリーだ。あの支離滅裂な話をはじめたとき、音楽鑑賞と現代アメリカ文化の嘆かわしき状況について一席ぶったとき、おまえが〈ハット〉にいるべき人間ではなく、この場所もピアノも聴衆もおまえにふさわしくないと言ったときだ。ターリーは声を張り上げて言った。おまえにふさわしいのはぴかぴかのグランド・ピアノのあるコンサート・ホール、白い首に輝くダイアモンドや夜会用の礼服を身につけ、七ドル五十セントの貴賓席の最前列に坐る聴衆だ、と。それでぴんときたのだ。

だが、ちょっと待て。どうしてそこに結びついたのだろう？　どうしてカーネギー・ホールまで行き着いたのだろう？　彼女がクラシックを聴いて育ったとは思えないし、そのことば遣いからするとたいした学校を出ているようでもない。いや、そうとは限らない、彼女がどの学校を出たか本当は知らないじゃないか。ことば遣いと出身校は必ずしも関係がない。そのことを頭に入れておくべきだ。自分のことば遣いに耳を傾けてみろ。

おれが言ってるのは、エディのことば遣いのことだ。エディは「そうじゃねえ」とか「そいつ」とか「こいつ」などということばを口にする。エドワードは決してそういうことば遣いをしなかった。エドワードは教養があり、芸術家で、洗練された話し方をした。ことば遣いというのは、どこにいるか、何をしているか、どういう連中と付き合っているか、によると思う。〈ハット〉はカーネギー・ホールからあまりにも遠い。そうだろ。それにエディがエドワードと無関係だということは、紛れもない事実なのだ。おまえはとうの昔にすべてのつながりを断ち切ってしまった。完全に決別したのだ。

だったら、なぜそこへ戻ろうとする？　どうして、また思い出そうとしている？　ちょっと考えてみようと思ったからだ。ちょっと考えてみても、困ることはないじゃないか。困ることはないだと？　冗談だろ？　また同じことが起こりそうで、すでに困ってるじゃないか。あれと同じことが。

サウス・ジャージーの森の奥深く、スイカ農園を見渡す木造の家だった。幼いころは消極的な子どもだった。三人兄弟の末っ子として生まれた彼は、クリフトンのいたずらやターリーの乱暴な行為が理解できずに戸惑っている小さな傍観者だった。二人の兄はいつも悪さをしていた。家で悪さをしていないときは、外へ出て村をうろつき回っていた。二人が得意な獲物はニワトリだ。彼らはニワトリ泥棒の名人だった。ときには子豚も狙った。捕まることは滅多になかった。見つからないようにうまくやるか、力ずくで逃げてくるか、十代の半ばには銃を使うこともあった。

母親は二人を腕白小僧と呼び、肩をすくめるだけで放任していた。彼女は農家の辛い仕事や毎年メロンの収穫高を減らす雑草や害虫やカビとの闘いに疲れ、二十代はじめにはすっかり気力を失って肩をすくめるのが癖になっていた。父親は何事にも決してくよくよしなかった。怠惰で覇気がなく、脳天気な酒飲みだ。酒を飲ませたら底なしだった。

父親にはもうひとつ才能があった。ピアノが弾けたのだ。自分では神童だと言っていた。むろん誰も信じなかったが、たまにカーペットもない粗末な居間に置かれた古いアップライト・ピアノに向かうと、驚くほど見事な演奏をしてみせた。

気分が乗ると、五歳のエドワードにピアノを教えた。エドワードにしてやれることは他にないように思えた。おとなしいエドワードは暴れん坊の兄たちに距離を置き、まるで近づいたら命が危ないとでも思っているようだった。実際にはそんなことはない。兄たちは決してエドワードをいじめなかった。時々からかうことはあったが、手は出さなかった。エドワードがそばにいることに気づきさえしなかったのだ。エドワードは誤って森から迷い込んだ生き物のように家のなかを右往左往し、父親はそんな彼を不憫に思っていた。

音楽のレッスンは週一度から二度に増え、終いには毎日になった。父親は、何かが起きていること、何かとてつもないことが起きていることに気づいた。九歳のとき、エドワードは六マイル離れた学校で催された教師の集まりで演奏した。十四歳になると、幾人かの人々がフィラデルフィアから彼の演奏を聴きにきた。彼らはエドワードをフィラデルフィアへ連れていき、カーティス音楽学校の奨学金を与えた。

十九歳のとき、エドワードは小さな公会堂で初めてのコンサートを開いた。聴衆は少なく、しかもほとんどは招待券を持ってきた。だが、そのうちのひとりがニューヨークからやって来たコンサート・アーティスト・マネージャー、ユージーン・アレグザンダーだった。

アレグザンダーは、カーネギー・ホールからいくらも離れていない五七番通りにオフィスを構えていた。それは小さなオフィスで、クライアントに名を連ねる者の数も多くはなかった。だがオフィスの調度品は高価なものばかりで、クライアントはみな大物か大物への階段を上りつつある者だった。アレグザンダーと契約を交わしたとき、エドワードは自分が巨大なプールのなかのちっぽけな一滴にすぎないことを思い知らされた。「はっきり言っておく」アレグザンダーは言った。「この業界の厳しさを話しておかなければならない。この業界は競争が激しい、まったくひどいものだ。だが、きみにその気があるなら——」

その気があるどころではなかった。エドワードはやる気満々で、早くスタートを切りたくてたまらなかった。まさにその翌日、エディはスタートを切った。アレグザンダーにレッスン料を払ってもらい、ゲレンスキーのもとで勉強をはじめたのだ。ゲレンスキーは優しい笑顔をした小男で、頭はつるつるに禿げ上がり、顔はしわだらけで小鬼《ゴブリン》のようだった。そしてすぐにわかったことだが、その優しい笑みはもっと小鬼《ゴブリン》に似ていた。その陰には、手が肉と骨でできているという事実、手も疲れるという事実を認めない悪魔のような厳しさが隠れていた。「疲れたなどと言ってはいけない」にっこりと微笑みながら、小男は言ったものだ。「手に汗をかくようでなければだめだ。汗のほとばしりが上達の証だ」

エディはたっぷりと汗をかいた。指が曲がらず、添え木を当てているように感じる夜があった。七、八時間、ときには九時間も鍵盤を見つめているので、目がひりひりして終いには楽譜の上の音符が灰色のしみのようにぼやけて見える夜があった。自分を失って自信がなくなる夜があった。こんなことをして意味があるのだろうか？　エディは自分に問いかけた。練習、練習、また練習。行く手には膨大な練習が待っている。学ぶべきことが山ほどある。ああ、ちくしょう、辛い、本当に辛い。この部屋に一日中閉じこめられ、たとえ外に出たくても出ることができない。疲れすぎているのだ。だが、外に出なければならない。せめて、新鮮な空気を吸うために。さもなければ、セントラル・パークを散歩することだ。セントラル・パークは気持ちがいい。そうだな、だがセントラル・パークにはピアノがない。ピアノがあるのはここ、この部屋だ。

それは七六番通りの、アムステルダム・アヴェニューとコロンバス・アヴェニューにはさまれた建物の地下室のアパートメントだった。家賃は月五十ドルだが、その金はアレグザンダーから出ていた。食費や衣料費、その他すべての雑費もアレグザンダーから出ていた。ピアノの代金もそうだ。ラジオ付きレコード・プレイヤーと、コンチェルトやソナタの数枚のアルバムも。すべてがアレグザンダーの用意したものだ。

アレグザンダーは取り返そうとするだろうか？　エドワードは自分に問いかけた。私には、彼が思っているほどの才能があるのだろうか？　まあ、じきにわかるだろう。今すぐというわけではないが。確かにゲレンスキーはぐずぐずしている。おまえのニューヨーク・デビューに触れることもない。彼に習いはじめて二年になるというのに、コンサートのことは口にしたこともない。それどころか、小さなリサイタルの話も出ない。どういうことだ？　ゲレンスキーに訊いてみたらいいじゃないか。もっとも、訊くのが怖くなければということだが。ところが、おまえは怖れている。ゲレンスキーがイエスと言えば、次はこのニューヨークで本物の試練に曝される、結局それが怖いんだろう。

なぜなら、ニューヨークがフィラデルフィアとはちがうからだ。ニューヨークの批評家はずっと辛口だ。先週彼らがハーベンスタインに下した評価を見てみろ。ハーベンスタインは五年間もゲレンスキーに学んできた。そのうえ、ハーベンスタインのマネージャーはアレグザンダーだ。それで何かが立証されるのか？ そうだ、立証できる。超一流の指導者と熱心で有能なマネージャーがいても、演奏家に才能がなければ成功は望めないということだ。気の毒なハーベンスタイン。翌日、記事を読んだハーベンスタインはどうしただろう？ たぶん涙を流しただろう。そうだ、きっと涙を流したにちがいない。哀れなやつ。望みを高く定めてこの唯一のチャンスを長いこと待ちつづけ、気づいたときにはすべてが終わってさんざんこき下ろされたあげくに葬り去られていた。おれが今考えていることを別にしても、おまえは怖じ気づいている。そしてそれはばかげている、エドワード。怖じ気づく理由などない。おまえの名はエドワード・ウェブスター・リン、おまえはコンサート・ピアニスト、おまえは芸術家なのだ。

三週間後、エドワードはゲレンスキーから近いうちにニューヨーク・デビューをすると言い渡された。そして次の週の中ごろ、アレグザンダーのオフィスでリサイタルの契約を交わした。それは一時間のリサイタルで、アッパー・フィフス・アヴェニューにあるこぢんまりとした美術館の小さなホールで催されることになっていた。彼はめまいがするほど興奮し、有頂天になって小さなアパートへ帰った。そこで一通の封書を見つけて封を切ると、印刷された通知を見つめて立ちつくした。それはワシントンからの命令だった。地元の徴兵委員会へ出頭するように、と書かれていた。

エドワードは1－Aに認定された。入隊期限が迫っていたので、リサイタルの準備は必要がなくなった。彼はサウス・ジャージーへ帰って一日だけ両親と過ごし、クリフトンが太平洋で負傷したこと、ターリーが海軍設営隊員としてアリューシャン列島のどこかにいることを聞かされた。母親はごちそうを作り、父親は「幸運を祈るため」と言って酒を勧めた。ニューヨークへ戻ったエドワードはすぐにミズーリのトレーニング・キャンプへ向かい、そこからビルマへ送られた。

彼はメリル准将の襲撃隊に配属された。三度負傷したが、一度目は榴散弾の破片を脚に受け、二度目は肩を撃たれた。最後は銃剣で脇と腹を刺され、病院へ送られると医者が快復を危ぶんだ。だが、彼はどうしても生きたかった。ニューヨークへ戻ること、またピアノを弾くこと、いつかホワイト・タイをつけてカーネギー・ホールの聴衆の前に立つこと、それればかりを考えていた。

ニューヨークへ戻ったエドワードは、アレグザンダーが腎臓病で亡くなり、チリの大学がゲレンスキーに要職を与えたことを知った。本当に二人ともいなくなってしまったのか？　ひとりぼっちで歩きながらマンハッタンの空と街に問いかけ、それが事実だということを痛感して心がうずいた。つまり、一から出直さなくてはならないということだ。

よし、出直そう。まず、コンサート・マネージャーを見つけることだ。

マネージャーは見つからなかった。というより、エドワードを使おうというマネージャーがいなかったのだ。あるものは礼儀正しく、あるものは親切に言った。何かしてあげたいのは山々だが、ピアニストの数が多くて空きがない──また、あるものは素っ気なく、あるものは情け容赦なかった。彼の名前をカードに書き入れる手間さえ惜しんだ。エドワードは、自分が無名で取るに足りない人間だということを痛いほど思い知らされたのだ。

エドワードは挑戦をつづけた。この状態がいつまでもつづくことはない、そう自分に言い聞かせた。いつかはチャンスがある。せめてひとりくらい興味を持ち、「よし、ショパンでも弾いてみなさい。きみの弾くショパンを聴いてみよう」と言ってくれるだろう。

だが、誰ひとり関心を持たなかった。これっぽっちの関心もだ。彼はたいしたセールスマンではなかった。自己紹介もままならず、ユージーン・アレグザンダーが最初のリサイタルを聴きにきたことや、最も優秀な演奏家が名を連ねるリストに加えられたこと、ゲレンスキーをして「いや、連中は拍手喝采などしない。みんな、呆然と坐り込んでいるだろう。今のおまえの演奏、おまえはピアノの巨匠だ。これほどの者が何人いると思う？　私が最後に数えたところによると、世界中に九人だ。たったの九人だぞ」と言わしめたことを伝えることなどできなかった。

　ゲレンスキーのことばを持ち出すことはできなかった。自分の能力、自分の持てる才能について、知っていることのすべてを表現しようとしたことは幾度もあるが、そのたびにことばが出てこなかった。才能を語ることができるのは指だけで、ことばで言えるのはこれだけだった。「もし弾かせていただけるのでしたら――」

　相手にされなかった。

　この状態が一年以上つづき、そのあいだにさまざまな仕事をした。積荷事務員、トラック・ドライヴァ、建設作業員、その他に二、三週間もしくは二カ月ほどしかつづかなかった仕事もある。それは彼が怠惰だからでも、時間にルーズだからでも、腕力がないからでもない。クビを言い渡されるときは、ほとんどが〝忘れっぽい〟とか〝ぼんやりしている〟という理由だった。もっと洞察力のある者になると、「おまえは半分しかここにいない。頭の中身はどこか別のところに置いてきたんだろう」と言ったものだ。

　だが、二つのクラスター付きの名誉負傷章《パープルハート》に対する給付がはじまると、障害手当のおかげでだんだん広い部屋に移り、終いにはスタジオ・アパートメントと呼んでもいいほど広いアパートを借りることができた。エドワードは分割払いでピアノを買い、ただ簡単に〝ピアノ教師〟とだけ書かれた看板を掲げた。

　一レッスン五十セント。生徒たちはそれ以上払えなかった。ほとんどが、ここ西九〇番台の通りの安アパートに住むプエルトリコ人だ。そのなかに、アレサ・フェルナンデスという若い女がいた。毎晩、タイムズ・スクウェアの近くの小さなフルーツ・ドリンク店のカウンターで働いている。十九歳で戦争未亡人だった。夫の名はルイス、珊瑚海海戦の最中に重巡洋艦に乗っていて爆死した。子どもはなく、彼女は九三番通りにあるアパートの四階の表側の部屋にひとりで住んでいた。おとなしい女で、勤勉で粘り強い生徒だったが、音楽の才能はこれっぽっちも持ち合わせていなかった。

　幾度かのレッスンでそのことがわかったエドワードは、金を無駄にするのはやめるようにと忠告した。彼女は答えた。お金のことならいいんです。ミースター・リーンさえよかったら、もっとレッスンを受けさせてほしいんです。もっとレッスンを受ければ、何か覚えられるようになるかもしれません。バカなことはわかってます、でも――

「そんなことを言わないでくれ」エドワードは彼女に言った。「きみはバカなんかじゃない。ただ――」

「このレッスンが好きなんです、ミースター・リーン。こうして午後を過ごすのが楽しいんです」

「本当にピアノが好きなのかい？」

「ええ、ええ、とても」その目には熱意がこもっていた。それが何なのか、エドワードにはわかっていた。それが音楽とは無関係だということもわかっていた。テレサは目をそらし、ごまかそうとして激しく瞬きをしてから、それを見せてしまったことで自分を責めるかのように唇を嚙みしめた。困ったような少し済まなそうな顔でやや肩を落とし、口にできないことばをぐっと飲み込むと、そのか細い喉がぴくぴくと動いた。エドワードは心のなかで言った。彼女はとても感じがよくてかわいい人だ、そして同時に孤独な人だ。彼女がひどく孤独なことは明らかだった。

　テレサは顔立ちもからだつきも華奢で、動き方も優美だった。カリブ人というよりスペイン人に近い容姿をしていた。髪は淡い琥珀色、目も琥珀色、肌は高級サロンでしか手に入らないような真珠色をしていた。スペインから渡ってくるまえの遠い祖先から受け継いだものだろう。唇の輪郭と色に先祖譲りの気品が漂っている。そう、これこそ本物だ、彼は確信し、不思議に思った。どうして今までそれに気づかなかったのだろう？　今の今まで、たんにピアノを習いたいというひとりの女にすぎなかったのだ。

　二人は三カ月後に結婚した。エドワードはテレサを連れ、サウス・ジャージーの家族に会いにいった。行くまえに家族のことをすべて話して心の準備をさせたが、行ってみるとサウス・ジャージーは居心地がよかった。とくによかったのは、大きな声を出したり下品なことを言ったりする二人の兄がいなかったことだ。このころクリフトンは出張の多い仕事をしていたし、ターリーはフィラデルフィアのウォーターフロントで港湾労働者をしていた。二人は一年以上も家に帰っていなかった。ターリーからは二、三ヵ月に一度ハガキが届いたが、クリフトンからは音沙汰がないので母親はテレサに言った。「せめて手紙くらいよこさなくちゃね。そう思わない？」まるで、テレサが何年もまえから家族の一員だったかのような言い方だった。テーブルを囲むと、母親はカモのローストを用意していた。それは特別なディナーだったが、父親がそれをさらに特別なものにした。髪に櫛を入れて清潔なシャツを身につけ、爪をきれいに磨いて現われたのだ。しかも、その日は一日中酒を飲まずに過ごしていた。だがディナーを終えるとまた飲みはじめ、二、三時間もしないうちに一クォートの大半を飲み干していた。彼はテレサにウインクをして言った。「なあ、おまえはえらくかわいい女の子だ。こっちへ来てキスしておくれ」テレサは義理の父親に微笑みかけた。「幸せの記念に？」そして彼のそばへ寄り、キスをした。父親はボトルからもうひとくち飲むと、エドワードにウインクをした。「おまえはこんなにかわいい女の子を見つけたんだ。これからは、この子をしっかりつかんで放さないことだ。ニューヨークは猥雑な街だし——」

二人は九三番通りの地下のアパートメントへ戻った。エドワードはピアノ教師をつづけ、テレサは相変わらずフルーツ・ドリンクのスタンドで働いていた。何週間かすると、エドワードはテレサに仕事を辞めてくれるよう頼んだ。夜の仕事は気に入らない、心配なのはその場所だ。夜のタイムズ・スクウェアをうろつく連中がいる、今までは問題がなかったかもしれないが、今後何があるかわからない。

「でも、あの辺はいつも警官がいるのよ」テレサは言い返した。「警官が女の人を守ってくれるわ——」

「たとえそうだとしても」エドワードは言った。「夜更けのタイムズ・スクウェアより安全なところはいくらでもある」

「たとえば？」

「そうだな、たとえば——」

「たとえば、ここ？　あなたのそば？」

彼は口ごもった。「おまえがそばにいないと、まるで――その、目が見えなくなったような気がするんだ」

「いつもあたしを見ていたいっていうの？　それほどあたしが大事？」

彼は彼女の額に唇を当てた。「それ以上だ。もっと、ずっと――」

「わかってるわ」テレサはため息をつき、エドワードを抱きしめた。「あなたの言いたいことはわかってるの。あたしも同じ気持ちよ。それは日増しに強くなるわ――」

テレサはタイムズ・スクウェアの仕事を辞め、ブロードウェイから少し外れた八六番通りのコーヒー・ショップに九時から五時までの仕事を見つけた。そこはいつも明るい雰囲気を漂わせたこぎれいで小さな店で、エドワードは時時昼食を食べに行っていた。二人は知らない者同士のふりをし、エドワードがテレサをデートに誘うという、客とウェイトレスのゲームを楽しんでいた。やがてある日、テレサがそこで働きだしてから数カ月ほど経ったころのことだ。


二人が客とウェイトレスのゲームをしていると、エドワードはふとまるで侵入者のような邪魔者の存在に気づいた。

それは近くのテーブルの男だった。にこにこしながら二人を眺めていた。彼女に微笑みかけているのだろうか？

エドワードはそう思い、真正面から男を見据えた。だがすぐに思い過ごしに気づき、心のなかで言った。自分だった、彼はこの私に微笑みかけているのだ。まるでこちらを知っているかのように――

すると男が立ち上がり、近づいて自己紹介をした。彼の名はウッドリングだった。彼はコンサート・マネージャーで、むろんエドワード・ウェブスター・リンを覚えていた。

「ああ、むろん覚えている」エドワードが名前を告げると、ウッドリングは言った。「一年ほどまえに、私のオフィスへ来たことがあるね。あのときはとても忙しくて時間を割くことができなかったが。いくらか無愛想だったなら、すまなかった――」

「いや、そんなことはいいんです。事情はわかっていますから」

「そういうことではいけないんだが。しかし、ここは気違いじみた街でね。競争がとても激しいんだ」

テレサが口をはさんだ。「お二人ともランチを召し上がりますか？」

夫は彼女に微笑みかけ、その手を取った。ウッドリングにテレサを紹介し、客とウェイトレスのゲームのことを説明した。ウッドリングは笑い声を立て、素晴らしいゲームだ、いつも二人が勝つことになる、と言った。

「つまり、二人ともご褒美をもらえるってこと？」テレサが訊いた。

「とくに客のほうがね」ウッドリングはエドワードを示した。「彼はとても幸運な男だ。きみは本物のご褒美だよ」

「ありがとう」テレサは小さな声で言った。「ご親切にそう言ってくださって」

ウッドリングは食事代を払うと言い張った。彼はピアニストをオフィスに招き、二人はその週のうちのある午後に会う約束をした。ウッドリングが店を出て行くと、ピアニストは口を少し開けたまま動けなかった。「どうしたの？」テレサが訊くと、彼は答えた。「信じられない。本当に信じられない——」

「仕事をくれるかしら？」

「仕事じゃないよ。チャンスだ。こんなことがあるなんて、考えてもみなかった。諦めていたんだ」

「何か大事なこと？」

彼はおもむろに頷いた。

三日後、彼は五七番通りにあるオフィスの続き部屋に入った。部屋はどれも広く、家具は渋いが格調がある。ひときわ広いウッドリングの個室には、何枚かの油絵が掛かっていた。マチスが一枚、ピカソが一枚、そしてユトリロが数枚。

二人は長いこと話し合った。それからオーディション・ルームへ行き、エドワードはマホガニー製のボールドウィンの前に坐った。ショパンとシューマンを少しずつ、そしてストラヴィンスキーの極めて難しい曲を弾いた。きっかり四十二分間、彼はピアノに向かっていた。ウッドリングは、「ちょっと待ってくれ」と言って部屋を出ていき、契約書を手に戻ってきた。

それは書式の整った契約書だったが、ギャラについては何も書かれていなかった。ピアニストは、今後少なくとも三年間アーサー・ウッドリングをマネージャーおよび代理人とする、と明記されているだけだった。だが宝石のちりばめられた梯子も、上りはじめはみなそんなものだ。クラシック音楽の世界では、ウッドリングという名前は全米はもとより世界中の注目を瞬時にして集めることができる。彼は大物中の大物だった。

ウッドリングは四十七歳。中背で痩せ気味、からだに気を遣っているように見えた。顔色は健康的、目は澄んでいて働きすぎや過度の夜更かしをしないようにしているのが見てとれた。きついカールの豊かな黒い髪に白いものが混じり、こめかみの部分だけはまっ白だ。顎の左側を除けば、その顔は精巧な彫刻のようだった。彼の顎はいくぶん歪んでいるが、それは十五年ほどまえ南米でのコンサート・ツアーの最中に、あるソプラノ歌手が彼との関係を終わりにしたときのロマンティックなエピソードの名残だ。彼女が、重いブロンズのブック・エンドでウッドリングの顎を砕いたのだった。

エドワード・ウェブスター・リンと契約をとり交わした午後、コンサート・マネージャーは糊のきいた白いカラーとスペインで買ったグレイのネクタイを身につけていた。スーツも同じくスペイン製だ。カフ・リンクもむろんスペインのもので、長方形の銀に征服者《コンキスタドール》のヘルメットが彫り込まれている。スペイン的なもの、とくにこのカフ・リンクは、この儀式のために特別に選ばれたものだった。

七カ月後、エドワード・ウェブスター・リンはニューヨークでのデビューを果たした。それはカーネギー・ホールで行なわれ、人々は大声でアンコールを求めた。その次はシカゴ、そしてまたニューヨークへ戻った。はじめての全米ツアーを終えると、ヨーロッパから声が掛かった。

ヨーロッパでは人々が立ち上がり、声が枯れるまで「ブラヴォー」と叫びつづけた。ローマでは、女たちがステージへ花束を投げた。ふたたびカーネギー・ホールへ戻ると、席は三カ月もまえに完売していた。二十五歳のこの年、エドワードはカーネギー・ホールのコンサートを四回も行なった。その年の十一月には、フィラデルフィアのアカデミー・オヴ・ミュージックで演奏した。彼はグリーグのコンチェルトを弾き、聴衆は理性を失って泣き出す者もいた。そして、ある批評家など、取り乱したあげくにことばを失う始末だった。その夜遅く、ウッドリングはタウン・カーサの彼のスウィートでパーティーを開いた。スウィートは建物の四階にあった。真夜中を少し回ったころ、ウッドリングがエドワードのところへやって来た。「テレサはどこだ?」

「疲れたそうだ」

「またか?」

「そうだ」エドワードは静かに答えた。「まただ」

ウッドリングは肩をすくめた。「たぶん、こういうパーティーが嫌いなんだろう」

ピアニストはタバコに火をつけた。彼はぎこちない手つきでタバコを持っていた。ウェイターが、シャンパンのグラスが載ったトレイを手にして近づいた。ピアニストはグラスに手を伸ばし、思い直してタバコを強く吸った。歯のあいだから煙を吹き出し、床に目を落とした。「パーティーのときだけじゃないんだ、アーサー。テレサはいつも疲れているんだよ。彼女は——」

沈黙がまたつづいた。やがて、ウッドリングが口を開いた。「何だ? いったいどうしたんだ?」

ピアニストは答えなかった。

「たぶん、旅のせいで緊張してるんだろう。ホテル暮らしだし——」

「ちがう」彼は吐き捨てるように言った。「私のせいだ」

「喧嘩でもしたのか?」

「喧嘩ならいいんだが。それより悪い。ずっと悪い」

「話したくないのか?」ウッドリングが訊いた。

「話してもどうにもならない」

ウッドリングはエドワードの腕を取り、ずらりと並んだホワイト・タイとイヴニング・ドレスの列から離れて部屋の外へ出た。彼らは狭い部屋に入った。二人きりになると、ウッドリングが切りだした。「話を聞きたい。何もかも話してくれ」

「個人的なことだ——」

「きみにはアドバイスが必要だ、エドワード。話してくれなくてはアドバイスもできない」

ピアニストは火のついたタバコの吸いさしに目を落とした。指の近くまで燃えてきている。彼はテーブルに近寄り、灰皿で吸いさしをもみ消すと、コンサート・マネージャーに顔を向けた。「テレサは私を必要としていない」

「まさか——」

「信じないのか？　私も信じなかった。信じられなかった」

「エドワード、そんなことはあり得ない」

「ああ、わかってる。それは、私が何カ月も自分に言い聞かせてきたことだ」そして目を堅く閉じ、歯を食いしばるようにして言った。「何カ月？　いや、もう一年以上だ——」

「坐れよ」

エドワードは椅子にへたり込んだ。そして、床に目を据えて言った。「それはゆっくりとはじまった。はじめのうちは、ほとんど気づかなかった。彼女は隠そうとしていたようだ。まるで——まるで、何かと戦うように。やがて、だんだんはっきりしてきた。つまり、話している最中にそっぽを向いて部屋から出ていってしまったり。今では、ドアを開けようとすると鍵が掛かっているというところまで来ている。声をかけても彼女は答えようとしない。それに、今の状態といったら——終わったも同然、そういうことだ」

「彼女がそう言ったのか？」

「はっきり言ったわけではないが」

「だったら、もしかして——」

「病気だというのか？　いや、彼女は病気じゃない。少なくとも、治療できるような病気じゃない。わかるだろ」

「きみの言いたいことはわかるが、まだ信じられない——」

「彼女には私が必要じゃないんだよ、アーサー。必要としていない。それだけのことだ」

ウッドリングはドアへ向かった。

「どこへ行くんだ?」ピアニストが訊いた。

「飲み物を持ってきてやろう」

「飲みたくない」

「一杯飲んだほうがいい」ウッドリングが言った。「ダブルでな」

コンサート・マネージャーは部屋から出ていった。ピアニストは前屈みになり、両手を顔に当てて坐っていた。しばらくそうしていたが、やがて、いきなりからだを起こして立ち上がった。息が荒くなっていた。

部屋を出ると、階段に向かって廊下を歩いていった。彼らのスウィートは七階にある。三階分の階段を駆け上がり、息を切らしてリヴィングルームへ入った。

彼女の名を呼んだ。返事はなかった。居間を横切り、ベッドルームのドアへ急いだ。試してみると、ドアが開いた。

テレサはローブを着てベッドの端に腰掛けていた。膝の上に雑誌が置かれていた。雑誌は開かれていたが、それに目を向けているわけではなかった。彼女は壁を見つめていた。

「テレサ——」

彼女はまだ壁を見つめていた。

エドワードはテレサに近づいた。「服を着てくれ」

「なぜ?」

「パーティーだ、パーティーに出てほしい」

テレサは首を横に振った。

「テレサ、いいか——」

「お願い、出ていって」テレサはまだ壁を見つめていた。手を上げてドアのほうを指さした。「出ていって——」

「だめだ」彼は言った。「今度こそだめだ」

彼女はエドワードに目を向けた。「なに?」その瞳はどんよりしていた。「何て言ったの?」

「今度こそだめだ、と言ったんだ。今日こそよく話し合おう。どういうことかはっきりさせるんだ」

「何もないわ——」

「やめろ」エドワードが遮った。そしてテレサに近づいた。「もうたくさんだ。せめて話してくれてもいいだろう—

き――」

「どうして怒鳴るの？　怒鳴ったことなんてなかったのに。何でそう怒鳴るの？」

「すまない」彼は低い声で言った。「そういうつもりはなかった――」

「いいのよ」彼女は微笑んだ。「怒鳴るのも無理はないわ。あなたにはその権利があるもの」

「そんなことを言うな」彼は首をうなだれて顔を背けた。

テレサの声がした。「あたしがあなたを不幸にしてるのね？　それはあたしにとってもいやなことよ。そうしないように努力しているわ。でも、まっ暗になると、あなたにはその闇を止められない――」

「どういうことだ？」エドワードはからだをこわばらせ、彼女を見つめた。「いったい何が言いたいんだ？」

「つまり――そういうことよ」だが、彼女は首を振り、視線を壁に戻した。「いつもまっ暗なの。どんどん暗くなる。どこへ行ったらいいのか、どうしたらいいのか、わからないのよ」

彼女は何かを言おうとしている、エドワードは思った。必死で言おうとしているが、言うことができない。なぜ言えないんだ？　彼女が言った。「すべきことはひとつしかないわ。たったひとつよ」

エドワードは部屋のなかに寒々としたものを感じた。

「さよならを言うわ。出ていくの――」

「テレサ、お願いだ――」

彼女は立ち上がり、壁のほうへ歩いていった。そして、彼に向き直った。彼女は落ち着いていた。怖いほど落ち着き払っていた。口を開くと、それは抑揚のないくぐもった低い声だった。「わかった、話をするわ――」

「待ってくれ」今度は彼が怯えていた。

「あなたも知っておいたほうがいいわ。釈明はつきものよ。告白には」

「告白？」

「あたし、悪いことをしたの――」

エドワードは怯んだ。

「とても悪いこと。恐ろしい過ちよ」彼女の目に、ある輝きが現われた。「でも、今やあなたは有名なピアニストだわ、そのことは喜んでいるの」

これは現実ではない、彼は自分に言い聞かせた。現実であるはずがない。

「ええ、そのことを考えれば、してよかったと思ってるわ。あなたが欲しがっていたチャンスを手に入れてあげたのだもの。あなたにチャンスを与えるためには、あなたをカーネギー・ホールの舞台に立たせるためには、それしかなかったのよ」

空気の漏れる音がした。それは彼自身の息づかいだった。

「ウッドリングよ」

エドワードは堅く目を閉じた。

「彼があなたと契約したその週だったわ」テレサはつづけた。「二、三日あとだった。ウッドリングがコーヒー・ショップへ来たの。でも、コーヒーを飲みにきたわけじゃなかった。ランチを食べにきたのでもなかった」

息づかいの音がまた聞こえた。さっきより大きな音だ。

「取引を持ちかけるためだったの」

ここから出ていかなくては、エドワードは思った。聞いていられない。

「最初彼が話を持ちかけてきたとき、それはなぞなぞみたいで、あたしには理解できなかったわ。何の話をしているのかと訊いたら、わからないのか？　考えればわかるはずだ、というような目であたしを見つめたの。だから、考えたわ。その晩は一睡もできなかった。次の日、彼はまたやって来た。蜘蛛がどうやって獲物を食べるか知ってる？蜘蛛はゆっくりと慎重に――」

エドワードはテレサに目を向けられなかった。

「――まるで、あたし自身からあたしを抜き出したようだった。心とからだが別のものになったみたい。彼のところへ行ったのはテレサじゃない。あれはテレサのからだだけよ。まるで、本当はあそこにいなかったみたい。あたしはあなたのそばを離れず、あなたをカーネギー・ホールへ連れていこうとしていたの」

その先は録音テープを再生するようだった。ナレーターの声が、補足的な説明を加えていた。「――いつも午後だったわ。あたしの休み時間に。彼はコーヒー・ショップのそばに部屋を借りていたの。何週間ものあいだ、午後になると、あの部屋で。やがてある晩、あなたからあのニュースを聞かされたの。カーネギー・ホールで演奏するという契約書にサインしたことを。次にコーヒー・ショップに現われたとき、彼はただの客になっていたわ。あたしはメニューを渡して、彼は注文をしただけ。あたしは自分に言い聞かせた、もう終わったんだ、あたしはあたしに戻ったんだ、って。ええ、今のあたしはあたし自身よ。

でも、奇妙なことね——昨日したことは、常に今日の自分の一部なのよ。他人には隠そうとするけど、自分には隠せない、いつもそこにある鏡のようなものよ。目をやったときに、あたしに見えるのは何？　見えるのはテレサなの？　あなたのテレサなの？

鏡のなかにいるのはテレサじゃない。テレサはどこにもいなくなってしまった。それは、使い古しの汚いぼろ切れよ。だから、あなたにはあたしに手を触れさせなかったの。そばへ寄ることも許さなかった。この汚いものにあなたを近づけることなんて、できなかったの」

エドワードはテレサに目を向けようとした。彼は自分に言い聞かせた。そうだ、彼女を見るんだ。そして彼女のところへ行け。頭を下げろ、さもなければ跪け。そうしなければならない、それは確かだ。だが——

彼の視線はドアに向けられていた。そして、その外に向けられていた。頭のなかで火が燃えさかっていた。歯を食いしばり、両手を堅く握りしめた。全身に力を蓄え、この部屋を飛び出して螺旋階段を駆け下りて四階のスウィートへ飛びこむ準備をした。

ほんの一瞬、自制心と分別を取り戻す方法を探した。考えろ、考えてみろ。あのドアから足を踏み出したら、彼女はおまえが逃げだしたと思うにちがいない。そして、ひとりこの部屋に残されることになる。彼女をひとりにしてはいけない。

だが、それでも彼を引き止めることはできなかった。彼を引き止められるものは何もなかった。エドワードはゆっくりとドアに近づいた。

「エドワード――」

しかし、彼の耳には入らなかった。聞こえるのは、ドアを開けてベッドルームを出る自分の口から漏れる低いうなり声だけだった。

エドワードはリヴィングルームを突っ切り、廊下に通じるドアを開けようと腕を伸ばした。彼の手がドアノブに触れた瞬間、ベッドルームで物音がした。

それは機械的な音だった。窓の両側にある鎖の滑車が動く音だ。

エドワードはきびすを返し、リヴィングルームを抜けてベッドルームに駆け込んだ。テレサが窓から身を躍らせようとしていた。彼は突進し、その手をつかもうとした。だが、手のなかには何も残らなかった。大きく開け放たれた窓から、冷たい空気だけが流れ込んでいた。

9

フロント通りにある安物雑貨店の赤と金色の入り口近くの歩道に立っているエディの横を、土曜日の買い物客が通り過ぎていく。肩をぶつけていく者もいる。彼を押しのける者もいる。彼は気づかなかった。本当は、彼はそこにいなかった。はるか遠いところへ行ってしまったのだ。

七年前、葬式を終えた彼はニューヨーク中をさまよっていた。あてもなく、通りの信号や天候の変化にも無頓着だった。時刻も曜日もわからなかったが、気にもしていなかった。いくら歩いても堂々巡りで、結局、どうにもならなかった。

彼は銀行預金を全額引き出した。それはおよそ九千ドルに上った。彼はその金をなくしてしまおうとした。なくしたかったのだ。それをなくした夜、その金が奪われたとき、彼は袋だたきにされた。それも彼が望んだことだった。鼻と口から血を流し、頭に深い傷を負い、倒れながら喜んでいた。本当に楽しんでいたのだ。

それは深夜のヘルズキッチンで起こった。三人の男たちが襲ってきた。ひとりは長い鉄パイプを持ち、残りの二人はメリケンサックをつけていた。まず、鉄パイプが襲いかかった。鉄パイプは側頭部に当たり、彼はよろめいてゆっくりと縁石にしゃがみ込んだ。そこへ、あとの二人がメリケンサックで攻撃を仕掛けた。すると、何かが起こった。二人にはそれが何だかよくわからなかったが、まるでプロペラの羽根が激しく回転しながら向かってくるようだった。鉄パイプの男は慌てて逃げだし、残る二人はその男が助けに来ないことをいぶかしく思っていた。本当に助けが必要だった。ひとりの男は歯を四本飛ばされて倒れた。もうひとりが「もうやめてくれ、お願いだ——やめてくれ」と泣き声を出したが、凶暴な男はにやりとして囁いた。「やり返せよ——やり返してみろよ——お楽しみを台無しにするな」そのことばに他に道のないことを悟った暴漢は、メリケンサックと自分の体重を使ってできることをはじめた。彼の体重は相当なものだ。そのうえ、卑劣な戦法はお手のものだった。膝を使い、親指を使い、歯まで使おうとした。だが、機敏さに欠けていた。ついに両まぶたが腫れ、鼻が折れ、脳震盪を起こした。気を失って舗道で大の字になった男に、凶暴な男が耳打ちをした。「パーティーをありがとう」
二、三日すると、またパーティーが開かれた。今度はセントラル・パークで、二人の警官が茂みの陰で眠っている凶暴な男を見つけたことからはじまった。警官が男を起こすと、彼は自分に構わず行ってくれと言った。警官は彼を立ち上がらせ、家があるかどうか訊いた。男は答えなかった。二人は次々に質問を浴びせはじめた。彼はまた放っておいてくれと言った。ひとりの警官が悪態をつきながら彼を小突き、別の警官が腕をつかんだ。彼は言った。「放せ、放してくれ」すると、二人は彼を両側からはさんで連行しようとした。二人は大男で、話をするには見上げなければならない。「何で放っといてくれないんだ？」彼らは黙るように言った。振りほどこうとすると、警官のひとりが警棒で彼の脚を打った。「殴ったな」彼が言った。警官は怒鳴りつけた。「ああ、殴ったとも。殴りたくなったら、また殴ってやる」彼はゆっくりと首を振った。「いや、そんなことはさせない」二、三分すると、警官たちは二人きりになっていた。ひとりは木に寄りかかって荒い息をしていた。もうひとりは草の上に坐ってうめいていた。

それから一週間もしないうちに、それはバワリーで起こった。名の売れた乱暴者が、腫れ上がった唇から血を流してしゃべっていた。「まるで、コンクリート・ミキサーに顔を突っ込んだみたいだった」

野次馬のひとりが声をかけた。「やつともう一度戦う気があるか?」

「もちろんだ、またやってやる。ただし、ひとつだけ必要なものがある」

「何だ?」

「自動小銃だ」ならず者は、縁石に坐り込んで血を吐き捨てた。「ライフルを買ってくれ。そして、やつを近寄らせないでくれ」

彼は常に転々としていた。バワリーからロウアー・イースト・サイドへ、北上してヨークヴィルを通り、スパニッシュ・ハーレムへ、また南へ下ってブルックリンへ渡り、騒々しいグリーンポイントやブラウンズヴィルへ――厄介ごとのタネを探しているような男が見つかるところならどこへでも行った。

今こうしてあのころを振り返ると、七年前の凶暴な男が目に浮かんだ。彼は思った、結局、おまえは狂っていたんだ。本当の意味で狂っていた。ホラー・クレイジーとでも呼ぶがいい。鍵盤に触れることも近づくこともできなくなったその手が、親しい友人であり相談相手でもあり、おまえをカーネギー・ホールへ連れていってくれた恩人の喉を求めてうずく鉤爪になっていたのだ。

むろん、その男を見つけてはいけないことはわかっていた。彼に近づいてはいけない。なぜなら、ちらりとでも目にしたら殺してしまうからだ。だが、自分のなかに生まれた凶暴性は発散させなければならない。だから、進んでターゲットを提供してくれるギャングやすべての凶悪犯やごろつきや荒くれ者に礼を言おう。

金はどうした？　金の必要な理由しだいだ。腹に食べ物を入れなきゃならなかったはずだ。ちょっと待て。いくらかは仕事もした、皿洗いや車磨きやビラ配りのような仕事だ。仕事にあぶれたら、手のひらを突き出して小銭が落ちてくるのを待つだけだ。簡易宿泊所で、一杯のスープと一枚のマットレスを手に入れるだけの金だ。ときには、出血した傷口に当てるガーゼを買う金だ。大量の血を流すこともある、とくに自分より強い男がいることを思い知らされた夜は。

そうだ、相棒、あのころは絶好調だった。おれの考えでは、どこかの高級なクラブ・ハウスのメンバーになってもおかしくなかった。だが、その状態が長続きするはずはない。いつかは終わらなければならない。それはどういうふうに終わったんだ？

そう、それはあの旅だった。橋を渡ってジャージーへ行く旅、百四十マイルに及ぶ楽しいさすらいの旅だ。記憶が確かなら、一週間近くかかって、サウス・ジャージーの森の奥に隠れた家にたどり着いた。

感謝祭が近づいていた。おまえは家族と休日を過ごすために、家に帰ったのだ。全員がそろっていた。クリフトンとターリーも休暇で帰っていた。少なくとも、そう言っていた。だが二、三杯酒が入ると、本当の理由を話しはじめた。二人は、面倒なことになっていると言った。警察に追われているんだが、ここなら森の奥だし近くに道標もないからな。

それはこういうわけだ。ターリーはフィラデルフィアの港湾労働者の仕事を辞め、クリフトンと手を組んで州から州へ盗難車を運ぶ商売をはじめた。二人は警察に目をつけられ、追われている。だが、二人は心配しているわけではなかった。クリフトンは言った。「ああ、確かに厄介なことになってる。だが、おれたちは切り抜けてみせるぜ。いつだって切り抜けているんだ」クリフトンが笑うと、ターリーもいっしょになって笑った。そして彼らはまた酒を飲み、卑猥な冗談を飛ばしはじめた……

まったく大した休日だった。つまり、大変な終わり方をしたということだ。クリフトンは、おまえが男やもめになったことを話題にしはじめた。おまえはやめてくれと言ったが、クリフトンはやめなかった。彼はターリーにウインクし、おまえに言った。「プエルトリコ人とやるのはどんなふうだ？」

おまえはクリフトンに微笑みかけ、ターリーにウインクしてから両親に言った。「この部屋は騒がしいことになりそうだ。ちょっと隣の部屋へ行っててくれ――」

そのあとは、おまえとクリフトンの出番だった。テーブルはひっくり返され、椅子が二脚壊された。床に倒れたクリフトンが、血を吐き捨てて言った。「どうなってるんだ？」そして、首を振った。信じられなかったのだ。彼はターリーに言った。「こいつ、本当にエディか？」

ターリーは答えられなかった。目を見張って立ちつくすだけだった。

クリフトンは立ち上がり、倒れてまた立ち上がった。まだ大丈夫、実に打たれ強い男だ。おまえはクリフトンが倒れるまで殴りつづけ、クリフトンは立ち上がりながら言った。「もうたくさんだ」そしてターリーに目をやって呟いた。「こいつを引き離してくれ――」

ターリーが近づいて手を出したが、クリフトンの横に坐り込んだのはターリーのほうだった。クリフトンが笑いながら言った。「おまえもか？」ターリーは真顔で頷いてから立ち上がった。「そうだ、こうしよう。一発につき五十ドル出そう。さっきのようにはいかないからな」

ターリーが近づいた。軽快なステップで、行きつ戻りつしながら間を詰めた。おまえが一発繰り出して空振りすると、ターリーは一発打ち込んで金を守った。おまえは二十分ほど気を失っていた。あとでまたテーブルを囲むと、クリフトンがにやにやしながら言った。「なるほど、これでわかったぞ。おまえは仕事をする気があるんだな」

おまえには意味がわからなかった。「仕事？　何の仕事だ？」

「おれたちの仕事だ」彼は自分とターリーを示した。「仲間に入れてやろう」

「だめだ」ターリーが言った。「ああいう仕事には向いてない」

「いや、あの仕事にはうってつけだぜ」クリフトンは、落ち着いた口調で考え深げに言った。「ヘビみたいにすばしっこいし、鉄みたいに頑丈だ――」

「そういう問題じゃない」ターリーが口をはさんだ。「大事なのは――」

「やる気はあるさ、そいつが大事だ。やつはすっかりその気になってるぜ」

「こいつが？」ターリーの声がうわずっていた。「だったら、本人の口からそう言わせろよ。どうしたいのか話をさせろ」

テーブルが静まりかえった。二人はおまえの顔を見つめ、返事を待っている。おまえは二人に視線を返した。おまえの兄弟――故買屋で銃を持った犯罪者、本物の悪党にだ。

そしておまえは考えた。これが答えだろうか？　これが、おまえのやりたかったことか？　ああ、そうかもしれない。クリフトンは、もう二度と音楽を奏でられないおまえの手が簡単な方法で金を稼ぎ出すだろうと見こんだのだ。それは銃を使う方法だ。二人は銃を使う。その覚悟はできているのか？　それほど非情になれるのか？

ああ、ビルマでは非情になれた。ビルマでは何度も銃を使った。

だが、ここはビルマではない。選択をしなければならない。何と何から選ぶんだ？　不正と潔白か？　悪と善か？

別の言い方をしてみよう。潔白な人々に対する報酬は何だ？　善良な人々には？　つまり、まともに生きている連中だ。彼らが窓口で受け取るものは何だ？

なあ相棒、経験から言うと、その報酬は顔面に蹴りを入れられるか、刃渡りの長いハサミでブスリとやられて心臓を切り刻まれるか、そんなところだ。これではあんまりだ。もうたくさんだ。すべての感情がなくなって恨みだけが募る。すると世間に向かってこう言うんだ、よしわかった、そっちが汚い手を使うなら、こっちもだ。

ところが、おまえは考えている。そんな生き方はいやだ。このクリフトンとターリーの仲間になれば、悪に味方することになる。そんなことはもうたくさんだ。

「で？」クリフトンが訊いた。「どうなんだ？」

おまえは首を振った。答えがわからなかったのだ。そして、ふと顔を上げた。別の顔が二つ、もっと年老いた顔が目に入った。母親が肩をすくめていた。父親は屈託のない笑みを浮かべていた。

そういうことだ。それが答えだった。「それで？」クリフトンの声がした。

おまえは肩をすくめた。そして微笑んだ。

「さあ」クリフトンが言った。「答えを聞こう」

「こいつはもう答えている」ターリーが口をはさんだ。「顔を見ろよ」

クリフトンが目を向けた。じっくりと見つめていた。

「まるで――まるでどっかへ行っちまったみたいだ。何も気にしていないような顔をしてるぜ」

「まさにそれが答えだ」ターリーがにやりとした。

まさにそれだ。まさにこのとき、すべての関係が断ち切られ、すべての問題が消えていった。もはや恨みはない、狂気も、おまえの目に浮かぶ凶暴な男の面影もない。凶暴な男は消え去った。自分たちがまだ頑張っていることを知らない二人の大男と、どんよりした目をして肩をすくめる母親と、屈託のない笑みを浮かべた大酒飲みの父親に滅ぼされたのだ。

おまえは心のなかで言った、ありがとう、みんな。

やがて家を出たおまえは、スイカ農園に接する小道を歩きながらずっと考えていた、ありがとう、ありがとう。

小道はでこぼこだったが、おまえはそれを感じなかった。森のなかの狭く曲がりくねった道には深い轍が刻まれていたが、おまえは畝やくぼみを軽々と越えていった。森はじめじめとして寒く、木枯らしが吹いていた。だが、それさえもおまえには心地よいそよ風だった。

森を抜けて別の道に入り、また別の道を通り、やっと小さな町のバス発着所につづく広いアスファルトの幹線道路に出た。発着所では、酔っ払いが大声で話していた。彼は喧嘩の種を蒔こうとしていた。酔っ払いはおまえに突っかかってきたが、成果はなかった。おまえは肩をすくめ、彼に微笑みかけた。簡単だった、おまえが男をあしらったやり方は。そう、簡単だ。無関心な顔をすればいい——本音を隠したまま。

おまえは次のバスに乗った。バスはフィラデルフィア行きだった。二、三日すると、街の中心地にある一杯十五セントの酒場にいた。酒場には調理場があり、おまえは皿洗いや床掃除などの仕事をはじめた。そこには古いおんぼろピアノがあり、おまえは何度もそれに目を向けたり背けたりしたものだ。ある晩、おまえはバーテンダーに言った。

「弾いてもいいか？」

「おまえが？」

「弾けると思う」

「いいとも、弾いてみろ。だが、音楽といえるような代物をな」

おまえはピアノに向かった。鍵盤に目をやり、自分の手に視線を移した。

「さあ、弾けよ」バーテンダーが声をかけた。「何をぐずぐずしてるんだ？」

おまえは両手を上げた。おまえが手を下ろすと、その指が鍵盤を叩いた。

音が流れ出した。それは音楽だった。

10

「まだいたの？」声がした。

エディは顔を上げた。買い物客の人込みを押し分け、ウェイトレスが近づいてきた。安物雑貨店から現われた彼女は、紙袋を抱えていた。それは小さな紙袋だった。彼は独り言を言った、大した買い物ではなかったんだ。

「どれくらい店にいたんだ？」彼は訊いた。

「ほんの二、三分よ」

「それきりか？」

「すぐに応対してくれたの。買ったのはハミガキと石鹸だけだし。それと、歯ブラシも」

彼は無言だった。

「待っててほしいなんて言わなかったのに」

「待ってたわけじゃない。行くところがなかった、それだけだ。ちょっとブラブラしていた」

「通行人を眺めてたの？」

「いや、そういうわけじゃない」

ウェイトレスは、近づいてくる乳母車の邪魔にならないようにエディを引っ張った。

「行きましょう。あたしたち、道を塞いでるわ」

二人は人込みに交じって歩いた。灰色の空がますます暗くなってきた。まだ午後二時を回ったところだが、もっと遅いように思える。人々は空を見上げ、吹雪になるまえに家にたどり着こうと足を速めた。荒れそうな空模様だった。

ウェイトレスはエディを見つめた。「オーヴァーコートのボタンをかけたら」

「寒くない」

「あたしは凍えそうよ。どれくらい歩くの？」

「ポート・リッチモンドまで？　二マイルくらいだ」

「まあ、大変」

「タクシーに乗ることもできるが、おれは一文無しだ」

「あたしもよ。家主に五十セント借りたけど、使っちゃったの」

「歩けないほど寒いわけじゃない」

「とんでもないわ。足の指がちぎれそうよ」

「よし、急いで歩こう。そうすれば足が温まる」

二人は歩調を速め、向かい風に頭を下げて歩いた。風は強さを増し、その音が甲高くなってきた。風が路面から細かい雪を舞い上げ、まるで吹雪のようだ。そのうちに大きな雪片も落ちてきた。やがて雪が激しくなり、ますます冷え込んできた。

「ピクニックにはもってこいの日だこと」そう言ったかと思うと、ウェイトレスが雪の塊に足を滑らせ、うしろにひっくり返りそうになったところをエディが抱きとめた。次はエディが足を滑らせて二人とも転びそうになったが、ウェイトレスが足を踏ん張ってこらえた。洋服屋の入り口に立っている店主が、二人に声をかけた。「足下に気をつけろよ。滑りやすいからな」彼女は店主を睨んだ。「ええ、滑りやすいのはわかってるわ。あなたが舗道を掃いておいてくれたら、滑らないでしょうに」店主はにやりとした。

「だったら、転んでからおれを訴えるんだな」

男は店内に戻った。滑りやすい歩道に立っている二人は、倒れないようにまだ抱き合っていた。エディは自分に言い聞かせた、彼女が滑って転ばないように捕まえているだけだ。だが、もう大丈夫だろう、手を放してもいいだろう。

放したほうがいいに決まってる。またあれがはじまってしまうからな。それは止めなければならない、それだけだ。こんなふうにはじまるのを許すわけにはいかない。本当はもうはじまっているし、彼女にもわかっている。むろん彼女にはわかっている。彼女はおまえを見つめている、それに――

おい、おまえの腕はどうなっているんだ？　どうして彼女を放すことができないんだ？　いいか、あれを止めなくてはいけないんだ。

それを止める方法は、肩をすくめてやり過ごすことだ。あるいは、まじめに取り合わないことだ。そう、それが法則だ。少なくとも、おまえには有効な法則だ。それはおまえをこの場から切り離し、何ものにも煩わされずに鍵盤だけを相手にできる場所に連れていってくれる自動制御盤のようなものだ。なぜなら、そう定められているからだ。おまえは、深刻なものに関わってはいけないのだ。

だが、いいか、今度ばかりはその法則が働かない。たぶん、エディがエドワード・ウェブスター・リンに取って代わられたからだろう。いや、そんなことはあり得ない。そんなことがあってはならない。ああ、ちくしょう、なぜ彼女はあの名前を持ち出したりしたんだ？　なぜすべてを思い出させたりしたんだ？　せっかくすべてを葬り去って楽しく暮らし、心配事のない愉快なときを過ごしていたのに。それなのに、今になって現われた。それがおまえにぶつかって火花が飛び、こちらの気づかないうちに燃えだしている。どうなったって？　何を聞いているんだ、燃えだした、と言ったんだ。そして、ほら、炎が上がった——あまりに高く燃えさかって、おれたちには消すことができない。

できないって？　よく見ろよ、ちゃんと事実を確かめるんだ。ここにいるのはエディだ。エディには火が感じられない。エディには何も感じられない。

彼はウェイトレスから腕を放した。感情のない目をし、屈託のない笑みを浮かべている。

「急ごう、先は長い」

ウェイトレスは、エディの顔を見てゆっくりと深い息をついた。「本当？」

四十分ほどして、二人は〈ハリエッツ・ハット〉の入り口をくぐった。店は混雑していた。土曜日の午後はいつも忙しいが、天気の悪いときは客の入りが二倍になる。雪や木枯らしを思えば、〈ハット〉は要塞であり天国だった。燃料補給所でもあった。バーテンダーは忙しく動き回り、酒の注文に応えようと最善を尽くしていた。

ハリエットは、カウンターのうしろのレジのところにいた。ウェイトレスとピアニストを目に留めると、二人に嚙みついた。「どこへ行ってたのよ？　今日は休みだとでも思ってるの？」

「ええ、お休みよ」ウェイトレスが言った。「仕事は夜九時からのはずよ、そういう予定だわ」

「今日は別よ」ハリエットは言った。「こんなに混んでるんだから。あんたがいなかったら、あたしが困るのはわかってるだろうに。それからあんた」エディに矛先を向けた。「こういう天気のときがどんなものかわかってるはずよ。みんな通りから店のなかへ入ってくる、だから店は超満員、みんな音楽を聴きたがってるんだから」

エディは肩をすくめた。「寝坊したんだ」

「そう、彼は寝坊したの」レナがゆっくりと、考えながら言った。「それから落ち合って、散歩をしたの」

ハリエットは眉をひそめた。「いっしょに？」

「ええ」レナが言った。「いっしょによ」

〈ハット〉の女主人はピアニストに目を向けた。「どういうこと？」

エディは答えなかった。ウェイトレスが言った。「彼にどうしろっていうの？　報告書を書けとでも？」

「彼がそうしたいなら」ハリエットは、まだいぶかしげにピアニストを見つめていた。「ちょっとした好奇心よ、ただそれだけ。彼はいつもひとりでいるから」

「ええ、確かに彼は孤独だわ」ウェイトレスは呟いた。「誰かといるときでさえ、ひとりぼっちだもの」

ハリエットは首のうしろを掻いた。「ねえ、いったいどうなってるの？　いつもなぞなぞみたいな言い方をして、どういうことなの？」

「答えは三ページ目にあるわ」ウェイトレスが言った。「ただし、三ページ目はないけどね」

「ありがとう、ずいぶん参考になったわ」そう言うと、ハリエットはいきなり大声を出した。「ほら、そんなとこに突っ立ってわけのわからないことを言ってるんじゃないわよ。今日はなぞなぞどころじゃないんだから。さっさとエプロンをつけて仕事よ」

「あたしたち、まず給料をもらわなくちゃ」

「あたしたち、ですって？」ハリエットはまた眉をひそめた。

「少なくともあたしはね。一週間分の給料と、今日の時間外労働に対して前払いで三ドルほしいわ」

「何をそんなに慌ててるの？」

「慌ててなんかいないわ」レナはレジスターを指さした。

「それをゆっくり出して、あたしに渡してくれればいいの」

「あとでね」太ったブロンドは言った。「いま、忙しいのよ」

「あたしに給料をくれる暇がないほど忙しくはないでしょ。それに、そうしているあいだに彼にも給料を払えるわ。演奏してもらいたかったら、給料を払わなくっちゃ」

エディは肩をすくめた。「おれなら、あとでも――」

「今ここでもらいなさいよ」レナが遮った。そして、ハリエットに言った。「さあ、払って」

ハリエットはしばらく動かなかった。じっとウェイトレスの顔を見つめていた。やがて何かを肩越しに投げ捨てるように手をうしろに動かし、またレジスターに視線を戻した。

もう大丈夫だ、エディは思った。一瞬ピリピリしたが、もう大丈夫だろう。彼は、思いきってウェイトレスの無表情な顔を盗み見た。彼女がこのまま引き下がりさえすればいいが。ハリエットと事を構えても意味がない。ハリエットが相手では、ダイナマイトに火をつけるようなものだ。あるいは、それがレナの望んでいることかもしれない。そうだ、彼女は心のなかにくすぶるものを溜めこみ、ある種の爆発を望んでいるのではないだろうか。

ハリエットはレジスターから金を取り出し、札を数えてレナの手のひらに叩きつけた。レナの支払いを済ますとピアニストに向き直り、カウンターに金を置いた。重ねた五ドル札の上に数枚の一ドル札を載せ、彼女は呟いた。「客に文句を言われるだけじゃ済まないんだから。今度は使用人が労働争議をはじめたわ。いきなり組合を作るんだからね」

「時代が変わったのよ」ウェイトレスが言った。

「そうかい？　あたしは気に入らないね」

「だったら、我慢するのね」

太ったブロンドは、金を数える手を止めた。目を二、三度ぱちぱちさせてから、おもむろにからだを起こした。彼女が大きく息を吸うと、巨大な胸が突き出た。

「何だって？」

「聞こえたでしょ」

ハリエットは大きな腰に手を当てた。「たぶん聞きまちがいだと思うわ。だって、あたしにそういう口を利く者はいないからね。みんな、もっと分別があるのよ。いいかい、ひとこと言っておくよ。どんなにたちの悪い女だって、あたしに生意気な口を利いたらただじゃ済まないんだから」

「あら、そう?」

「ああ、そうだよ。それに、あんたは運がいい。楽なやり方で教えてあげてるんだから。この次はこれじゃ済まないわよ。今度盾突いたら痛い目に遭わせるからね」

「それ、警告なの?」

「もちろんさ」

「どうも」レナは言った。「だったら、あたしからもひとこと言っておくわ。今までにも、痛い目に遭わされたことはあるわ。そのたびに、何とか起き上がったのよ」

「まったく!」ハリエットは大きな声で独り言を言った。「この女、いったいどうしちゃったんだろう? まるで、喧嘩を売ろうとしているみたいじゃないか。本気で喧嘩を売りたいんだね」

ウェイトレスは両腕をだらりと下げて立っていた。今は笑みを浮かべている。

ハリエットは考えこむような顔をしていた。彼女が穏やかな声で言った。「どうしたのよ、レナ? 何を悩んでるの?」

ウェイトレスは答えなかった。

「いいわ、見逃してあげる」〈ハット〉の女主人は言った。

レナはまだ薄ら笑いを浮かべていた。「その必要はないわ」

「必要がないのはわかってるわ。でも、そのほうがいいのよ。そう思わない?」

薄ら笑いは、とくに何かに向けられているというわけではなかった。ウェイトレスが言った。「あたしならどっちでもいいわ。でも、恩を売るようなことはしないでよ。あんたに恩をかけてもらう必要なんてないんだから」

ハリエットは顔をしかめ、首を傾げた。「自分が何を言ってるのかわかってるのかい?」

レナは答えなかった。

「あたしの考えていることがわかるかい？」ハリエットが呟いた。「家族を巻き込むことになると思うけど」

レナの笑みが消えた。彼女は首をうなだれた。頷き、首を振り、そしてまた頷いた。

「そうじゃないかい？」ハリエットは優しく声をかけた。

レナはまだ頷いていた。彼女は太ったブロンドを見上げた。「ええ、そうでしょうね」そして元気のない声でつづけた。「ごめんなさい、ハリエット。ちょっと苛々していただけなの――八つ当たりするつもりじゃなかったんだけど」

「何に苛々してるの？」ハリエットが訊いた。ウェイトレスは答えなかった。ピアニストはエディに探るような目を向けた。

「ねえ、言いなさいよ」ハリエットが詰め寄った。「彼女は何に苛々してるの？」彼はまた肩をすくめ、沈黙を守った。太ったブロンドはため息をついた。「わかった、もういいわ」そう言って、また金を数えはじめた。カウンターに全額置かれると、エディはその薄っぺらな束を取って折りたたみ、オーヴァーコートのポケットに放り込んだ。カウンターに背を向けて二、三歩行きかけたとき、レナが声をかけた。「待って、渡す物があるの」

エディが引き返すと、レナは二十五セントと十セントの硬貨を二枚ずつと五セント硬貨を一枚手渡した。「昨夜の分」彼女はエディの顔を見ずに言った。「これで貸し借りはなしよ」

エディは手のなかの硬貨に目を落とした。貸し借りはない、彼は思った。すべて片づいた。これで、あれを止められる。終わらせることができる。ああ、そうだ、それがおまえの望んでいたことだ。よかったな。

だがそのとき、彼女がからだを堅くしてじっと何かを見つめているのに気づいた。その方向へ目を走らせると、ウォーリー・プラインが歩いてくるのが見えた。

太鼓腹の用心棒は、引きつったような笑みを浮かべて近づいてきた。筋肉の盛り上がった肩を前に突き出し、レスラーのような歩き方でこちらへ向かってくる。用心棒の笑みが広がった。エディは考えた、プラインは無理に笑っている。次はきっと、お世辞たっぷりの親しげな挨拶をすることだろう。

プラインの大きな手がエディの腕をつかみ、だみ声が響いた。「ここにいたか、ピアノの貴公子。おれのせがれ、エディ」

「そうよ」ウェイトレスが口をはさんだ。「あなたの息子、エディよ」

その声はプラインには聞こえなかったようだ。プラインはピアニストに言った。「おまえを捜していたんだ。どこに隠れてた？」

「隠れてなんかいなかったわ」ウェイトレスが言った。

用心棒は彼女を無視しようとした。相変わらずエディに笑いかけている。

ウェイトレスは追い打ちをかけた。「どうやって隠れたって言うの？　そんなチャンスはなかったわ。あいつら、住所を知ってたんだから」

プラインは激しく瞬きした。笑みが消えた。

沈黙がつづいた。やがて、ハリエットが口を開いた。「あたしも話に入れてよ」彼女はカウンターのうしろから身をのりだした。「どうなってるの？」

「めちゃくちゃな話よ」ウェイトレスは用心棒を示した。「ここにいるあんたの恋人に訊いてみたら？　彼がぜんぶ知ってるわ。自分が引き起こしたんだから」

ハリエットは横目でプラインを見た。「話して」

「何を話せっていうんだ？」用心棒は後退りした。「こいつは根も葉もないことを言ってるんだ。夢でも見てるんだろう」

ウェイトレスはハリエットに向き直った。「ねえ、もし聞きたくないんだったら——」

太ったブロンドは深い息をついた。まだプラインを見つめている。

「信じてもらえるといいけど」ウェイトレスはハリエットに言った。「何といっても、この人といっしょに暮らしてるんだから」

「最近はちがうわ」ハリエットの声には元気がなかった。

「近ごろはほとんどいっしょにいないの」

ウェイトレスが何か言おうとして口を開けると、プラインが歯をきしらせて言った。「黙ってろ――」

「あんたが黙りなさいよ」ハリエットはそう言い、ウェイトレスに顔を向けた。「いいわ、話してちょうだい」

「いわゆる裏切り行為ってやつよ」レナは言った。「相手から直接聞いたわ。あいつら、今朝ここに来たって言ってたわ。酒を二、三杯飲んだそうよ」

エディはその場を離れようとした。ウェイトレスが手を伸ばし、その腕をつかんで引き止めた。エディは肩をすくめて微笑んだ。その目は用心棒にこう言っていた、おれは気にしていない、だからあんたも気にしないでくれ。

ウェイトレスはつづけた。「あの二人組よ。二人の大使、でも親善大使じゃないわね。危険なタイプ、人に危害を加えることのできる連中よ。それどころか、人を消してしまうことも。あたしの言うことがわかる?」

ハリエットは元気なく頷いた。

「あいつら、エディを捜していたの」ウェイトレスが言った。

ハリエットは顔をしかめた。「何で?」

「そんなことはどうでもいいわ。重要なのは、連中が車に乗って銃を持っていたことよ。あいつらがほしかったのは情報よ。たとえば、エディの住所とか」

ハリエットの表情が緩んだ。ぽかんと口を開けてプラインを見つめている。「あんた、言わなかったでしょうね――」

「言ったに決まってるでしょ」レナが言った。

ハリエットはたじろいだ。

「それに、すてきなチップももらったはずよ」ウェイトレスは言い加えた。「五十ドル受け取ったのよ」

「まあ」それはうめき声だった。ハリエットの口が歪んだ。彼女は、用心棒が目に入らないように顔を背けた。

「もうこんなところで働きたくないわ」ウェイトレスが言った。「次の人が見つかるまで、二、三日いることにするけど」

「まあ、待てよ」用心棒が言った。「そんなに悪いことじゃないぜ」

「悪いことじゃないですって？」レナは彼と向き合った。「それがどんなに悪いことか教えてあげるわ。ナマズ釣りの餌をつけたことある？　ナマズは臭いものが好きなのよ。どうするかっていうと、ミミズを缶に入れて、一週間かそこら陽の当たるところに置いておくの。そのあとで缶を開けて臭いを嗅いでみなさいよ。あんたがしたことと同じ臭いがするから」

プラインはぐっと唾を飲み込んだ。「なあ、何もかもおまえの誤解なんだ――」

「今度はご機嫌をとるつもりね」

「聞いてくれないか？」プラインは哀れな声を出した。「本当だ、おれは騙されたんだ。やつらが何を狙っているのか知らなかった。おれはやつらを――」

「ええ、わかってるわ」レナがぼそっと言った。「国勢調査員だとでも思ったんでしょ」

用心棒はエディのほうを向き、両手で哀願するような身振りをした。「おれは友達じゃないのか？」

「ああ、友達だ」エディは答えた。

「おれがおまえを傷つけるようなことをするとでも思ってるのか？」

「もちろん、思ってはいないさ」

「聞いただろ？」用心棒は大声で二人の女に言った。「やつが言うのを聞いただろ？　おれが味方だってわかってるんだ」

「吐き気がするわ」ハリエットが言った。

だが、用心棒はつづけた。「本当なんだ、やつらに騙されたんだ。もしエディを痛い目に遭わせると思ったら、おれは――なあ、頼むよ、おれはやつらを八つ裂きにしていた。今度やって来たら、そのガラス窓からひとりずつ放り出してやる」

そばにいた酔っ払いが呟いた。「やつらに言ってやれ、ハガー」

別の飲んだくれも声を上げた。「ハガーがそう言ったら、本気だぜ」

「そのとおり、おれは本気だ」プラインは大声を出した。

「おれは喧嘩を売るような男じゃないが、やつらがその気なら受けて立つぜ」さらにエディに言った。「心配するな、あんな青二才はおれがあしらってやる。やつらはチンピラだ。おれは大物だからな」

「どれくらい大きいの？」

プラインはウェイトレスの顔を見てにんまりした。「よく見ろよ」

レナはプラインを眺め回した。「ええ、そうね、わかったわ」彼女は呟いた。「本当に巨大だわ」

用心棒はかなり気をよくしていた。満面に笑みが広がった。「巨大というのはぴったりだな。しかも、頑丈だ。これが男というものだ」

「男？」彼女はそのことばを誇張し、口を歪めた。「あたしにはクズにしか見えないわ」

カウンターの酔っ払いがグラスを置き、ウェイトレスを見つめた。

「ただのクズよ」レナは用心棒に詰め寄った。

「あんたの大きいのは口だけよ」


プラインはまた鼻を鳴らし、低い声で言った。「その言い方は気に入らないな。我慢できない――」

「我慢するのよ」彼女は言った。「受け入れることね」

よし、彼は受け入れようとしている、エディは思った。そして、悲しみに胸を詰まらせている。彼に目を向けてみろ。彼の目を覗いてみろ。それはレナに言われたからだ。レナに強く惹かれているプラインはそのことばに気弱になり、今にも気が狂いそうだ。しかも、彼にできるのはそれに耐えることだけだ。その場に立ち尽くし、ただ我慢するしかない。そう、彼は罰せられているのだ、まちがいない。今までにも人が罰せられるのを見たことがあるが、こんなのははじめてだ。

カウンターの人だかりが、こちらに移動していた。ひとことも聞き漏らすまいと、テーブルから離れて割り込もうとする者もいる。〈ハット〉の店内には、ウェイトレスの声だけが流れていた。それは穏やかで落ち着いた話しぶりだったが、その唇から流れ出ることばは用心棒を突き刺すナイフのようだった。

彼はずたずただ、エディは思った。そういえば、ここで起こっていることは、一種の切断手術だ。切断されているのが腕や脚ではないだけだ。

それに、ハリエットに目を向けてみろ。彼女の身に起こったことを見てみろ。わずか二、三分で十歳も老けてしまった。恋人がずたずたに切り刻まれている。それが目の前で行なわれているというのに、彼女には何も言えず、動くこともできない。それが真実だということがわかっているからだ。

確かにそれは真実だ。それから逃れることはできない。今日、用心棒は卑劣な真似をした。だが、たとえそうであっても、これはあまりにひどすぎる。今まで彼がしつこくつきまとっていたことは認めよう。つまり、ウェイトレスに対してだ。見込みがないことを知りながら、毎夜店で会うたびに迫っていた。今こうして彼女に非難され、公衆の面前で唾を吐かれても、欲情に満ちた目をウェイトレスから離すことができない。おまえは用心棒に同情しはじめている。これはハーリーヴィル・ハガーの悲しい昼興行だ。

かわいそうなハガー。彼はカム・バックしたがっていた。ある種のカム・バックを望んでいた。ウェイトレスを我がものにできたら、何かを証明したことになると思っていた。たとえば権力や価値、素質や活力、何であれ女にイエスと言わせるために必要なものがまだ残っているということを。彼がウェイトレスから与えられたものは、冷ややかな無言のノーだ。彼女は一瞥もくれなかった。

今、用心棒は何かを得ている。多くのものを得ている。それは悲しみにちがいない、まさにそうだ。彼女がもうやめてくれたらいいが、これではやりすぎだ。自分が彼に何をしているか、わかっているのだろうか？　わかっているとは思えない。わかっていたらやめるはずだ。彼女に伝えることさえできたら——

何を伝えればいいんだ？　用心棒は思ったほど悪いやつじゃない、とでも？

彼はカム・バックしようとして失敗した過去の人間のひとりに過ぎない、とでも？　それは事実だが、おまえには言えない。プラインのためにブルースを歌うことはできない。おまえにブルースは歌えない、それだけだ。おまえがあまりにも遠いところへ行ってしまったからだ。おまえははるか彼方の関係のない場所にいる。

だったら、ここに立って何をしているんだ？　目を見開いたまま。そして耳を傾けたまま。どうしてピアノの前に坐っていないんだ？

もしかすると、何かが起こるのを待っているのかもしれない。用心棒の我慢も限界に近づいているようだ。ウェイトレスがこれ以上つづけたら、きっと何かが起こるにちがいない。

だが、それがどうした？　おまえには関係ない。おまえには何も関係ない。おまえが今すべきことは、立ち去ることだ。ここから離れてピアノのところへ行くんだ。

エディは動こうとしたが、動けなかった。ウェイトレスがまだ腕にしがみついていたのだ。腕を振りほどくと、ウェイトレスが視線を向けた。彼女の目がこう言っていた、行かないで、あなたにも関係があるのよ。

彼の曖昧な笑みが答えた、これには関係ない。何事にも関係ない。

彼はピアノのほうへ歩いていった。プラインに話しかけるウェイトレスの声が聞こえていた。彼は足を速めた。一刻も早くピアノの前に腰を下ろして弾きはじめたかった。そうすればうまくいく、彼は思った。それが雑音をかき消してくれる。彼はオーヴァーコートを脱ぎ、椅子に掛けた。

「ねえ、エディ」近くのテーブルから呼ぶ声がした。声のするほうへ目を走らせると、橙色に染めた髪と細い肩、貧弱な胸が目に入った。クラリスの唇はジンに濡れ、瞳はジンのせいで輝いている。カウンターの騒ぎも知らずにひとりで坐っていた。

「こっちへいらっしゃいよ」彼女が言った。「こっちへ来たら、芸当を見せてあげる」

「あとでな」小声で言い、エディはそのままピアノへ向かった。だが、思い直した、これでは失礼だ。彼はクラリスに顔を向けて微笑み、テーブルのところまで歩いていって腰を下ろした。「よし、見せてくれ」

彼女は椅子から離れてテーブルに上がり、片手倒立に挑んだ。だがテーブルから床に落ちてしまった。

「お見事」エディが声をかけた。足元に手を差し出し、クラリスを助け起こした。彼女は椅子に戻った。部屋の反対側のカウンターから、ウェイトレスが相変わらずプラインを責め立てている声が聞こえる。耳をふさげ、エディは自分に言い聞かせた。クラリスの話に集中するんだ。

「昨夜は本当にすげなくされたわ」

「いや、そんなことはない」

クラリスは肩をすくめた。ショットグラスに手を伸ばし、持ち上げてみると空《から》だった。彼女は、空のグラスに曖昧な笑みを向けて言った。「世の中ってこんなものよ。そんなことないなら、そんなことないんだわ」

「あたりまえだ」

「確かにあたりまえね」彼女は手を伸ばし、愛情をこめてエディの肩を叩いた。「たぶん、この次は――」

「ああ」

「ひょっとしたら――」彼女はグラスをテーブルに置き、脇へ押しやった――「次はないかもしれない」

「どういうことだ？」エディは微かに顔を曇らせた。「店仕舞いするのか？」

「いいえ、あたしはまだ営業中よ。問題はあなたよ」

「おれが？　おれがどうしたんだ？」

「変わったの」クラリスは言った。「一目でわかるわ」

エディの表情がますます暗くなった。「たとえば？」

「そうね、たとえば昨夜のことよ。それに、さっきウェイトレスといっしょに入ってきたとき。それは――つまり、あたしにはああなることがわかってたの。あたし、それが起こるときはわかるの」

「何が起こるって？　何を言おうとしているんだ？」

「衝突よ」彼女はエディに目を向けていなかった。ショットグラスとテーブルの上を見つめて話しつづけた。「まさにそう、衝突よ。自分でも気づかないうちにぶつかっている。避けることはできないわ。このクールそのものといったミュージシャンでさえもね。気ままな生活をしていたら、ある日突然衝突している――」

「なあ、もう一杯飲むか？」

「あたしは、いつでももう一杯飲みたいわ」

エディは腰を浮かした。「今は確かにもう一杯必要だ」

クラリスは彼を椅子に引き戻した。「そのまえに真相を教えてよ。こういうことは当事者から直接聞きたいの。なんならウインチェルに送ることにするわ」

「何のことだ？　何か思いついたのか？」

「かもね」クラリスは呟き、エディを見つめた。探るような目をしていた。「でもわかるの。顔に書いてあるわ。彼女と入ってきたときにわかった」

「彼女？　ウェイトレスのことか？」

「ええ、ウェイトレスよ。でも、あのときは安酒場のウェイトレスなんかじゃなかった。彼女はナイルの女王、あなたはローマの兵士か何かだったわ」

エディは笑った。「ジンのせいだ、クラリス。ジンで酔っぱらったんだろう」

「そう思う？　あたしはそうは思わないわ」クラリスは空のグラスに手を伸ばし、自分の前に引き寄せた。「水晶玉を覗いてみましょう」

両手でショットグラスを包み込み、じっとグラスを見つめた。

「何か見えるわ」

「クラリス、それはただの空っぽのグラスだよ」

「今は空っぽじゃないわ。雲のようなものが見える。影のようなものが見えるわ――」

「バカなことを言うのはよせよ」

「静かにして」彼女は囁いた。「近づいてくるわ」

「わかったよ」エディはにんまりした。「インチキに付き合うとしよう。グラスのなかに何が見える？」

「あなたとウェイトレスよ――」

なぜかエディは目を閉じた。手で椅子の両端をつかんでいた。

クラリスの声が聞こえた。「――周囲には誰もいない。あなたと彼女だけ。季節は夏だわ。海岸が見える。海が見える――」

「海？」エディは目を開けて両手の力を抜き、またにんまりした。「それは海じゃない。ジンだよ。きみはそのなかで泳いでるんだ」

クラリスは彼を無視した。まだショットグラスを見つめていた。「二人とも服を着ているわ。ウェイトレスが服を脱いだ。彼女が何をしているか見てごらんなさいよ。素っ裸だわ」

「服が汚れないようにだろ」

「あなたは立ったまま彼女を眺めている」クラリスはつづけた。「ウェイトレスが砂の上を駆けている。今度は波間に飛びこんだわ。あなたに話しかけてる、服を脱いで海に入りなさいよ、水が気持ちいいわ、って。あなたは立ったまま――」

「そのとおりだ」エディが口をはさんだ。「おれは立っているだけだ。おれは動かない」

「でも、彼女はあなたに――」

「知るもんか、海はおれには深すぎる」

クラリスはエディを見つめた。そして、ショットグラスに視線を戻した。それはもはや、お代わりを待っているただのウィスキー・グラスだった。

「いいかい？」彼はまたにんまりした。「何も起きてはいないんだ」

「本当？　つまり、あなたのことだけど？」

「証拠がほしいなら――」彼はポケットに手を入れ、ハリエットから受け取った給料を取り出した。そこから三枚の一ドル札を抜き出すと、テーブルに置いた。「前払いしておく、次回の分だ」

クラリスは札に目をやった。

「取れよ、取ってくれ、その分働いてもらうんだから」

クラリスは肩をすくめ、テーブルから金を取った。そして、袖のなかに滑り込ませた。「まあ、少なくとも」彼女は言った。「まだあたしの客でいてくれることがわかってうれしいわ」

「死ぬまで客だ」エディは屈託のない笑みを浮かべて言った。「約束する」

エディは手を差し出した。そのとき、カウンターのほうから物音が聞こえた。それはうなり声と、人々の息を呑む声だった。振り返ると、野次馬が用心棒から距離をとろうとして押し合いへし合いしながら後退りしてきた。またうなり声が聞こえ、ハリエットがカウンターから飛び出して用心棒とウェイトレスのあいだに割って入ろうとした。用心棒はハリエットを乱暴に押しのけた。ハリエットはよろけて尻餅をついた。用心棒はもう一度うなり声を上げ、ゆっくりとウェイトレスに近づいた。ウェイトレスは身じろぎもせずに立っていた。プラインは手を上げたが、自分でもどうしたいのかわからない、というように躊躇した。ウェイトレスはあざけるような薄ら笑いを浮かべていた。まるで、最後までやり通してみろ、とプラインをけしかけているかのようだった。プラインは腕を振り上げ、平手でウェイトレスの口を殴った。

エディは椅子から立ち上がり、カウンターの群衆に向かって歩いていった。

11

エディは人込みを押し分けて進んだ。立錐の余地もないほど詰めかけているので、肘でかきわけていった。無理やり割り込んだとき、人々が息を呑んだ。プラインがまたウェイトレスを殴ったのだ。今度は手首を使って手の甲で殴った。

エディは急いで野次馬の前に出ようとした。ウェイトレスは一歩も動かなかった。下唇から斜めに赤いものが伝っている。

「取り消せ」用心棒が言った。荒い息をしている。「言ったことをぜんぶ取り消せ——」

「お断わりよ」

プラインがまた殴った、平手打ちだ。そしてまた、今度は手の甲だった。

ハリエットが立ち上がり、二人のあいだに割って入った。プラインが、その腕をつかんで脇へ放り出した。ハリエットはフロアで膝を強打し、立ち上がろうとした拍子に足首をひねった。彼女はひっくり返った。そして坐ったまま足首を撫でながら、プラインとウェイトレスを見つめていた。

用心棒はまた腕を振り上げた。「取り消すか？」

「いやよ」

プラインの平手がウェイトレスの顔を打った。彼女はよろめいてカウンターにぶつかったが、バランスを取って踏みとどまり、まだ薄ら笑いを浮かべていた。口から流れる血のすじが太くなった。顔の片側に手のあとがつき、反対側は腫れ上がって痣ができている。

「めちゃめちゃにしてやる」プラインが怒鳴りつけた。「おれに出会ったことを後悔させてやる――」

「あんたなんか、もう見えないわ」ウェイトレスが言った。「そんなに下のほうまで見えないのよ」

プラインはまた平手打ちをした。そして、拳を握りしめた。

エディはやけになって、両腕を鎌のように振り回した。

「取り消させてやる。おまえの歯をぜんぶ折ってでも、取り消させてみせる」プラインが言った。

「そんなことをしても無駄よ」ウェイトレスは血のついた唇を舐めた。

「こんちくしょう」プラインは、うしろに構えた拳を彼女の顔めがけて叩きつけた。その拳を何者かが空中でつかんだ。プラインはその手を振りほどき、ふたたび腕を構えた。振りほどかれた手がまた腕を押さえ、今度はしっかりと捕まえた。プラインは、邪魔者の顔を見ようと振り返った。

「彼女に手出しをするな」エディが言った。

「おまえか？」

エディは何も言わなかった。まだ用心棒の腕をしっかりとつかんでいた。彼はゆっくりと動いてプラインとウェイトレスのあいだに入った。

プラインは目を丸くしていた。心底驚いたようだ。「エディとはな、他のやつならともかく」

「よし」ピアニストは低い声で言った。「そのくらいにしておけ」

「なんてことだ」用心棒は、ぽかんと口を開けて見守っている野次馬を呆然とした顔で振り返った。「見ろよ、いったいどうなってるんだ？　邪魔立てするやつの顔を見てみろ」

「本気だぞ、ウォーリー」

「何だと？　何て言った？」また野次馬に顔を向けた。

「聞いたか？　本気だそうだ」

「もう充分だろう」

「おれは——」用心棒には、どう考えればいいのかわからなかった。視線を落とすと、その手がまだ用心棒の腕をつかんでいる。「何をしやがる」驚きでしどろもどろになった声で訊いた。「いったいどういうつもりだ？」

「逃げろ」エディはウェイトレスに声をかけた。

「何だと？」プラインはそう言い、まだその場にいるウェイトレスに言った。「それでいい、そこを動くな。まだ終わってない」

「だめだ」エディが言った。「聞けよ、ウォーリー——」

「おまえの話をか？」用心棒は笑い飛ばし、エディの手を振りほどいた。「どけよ、お調子者、道を空けろ」

エディはその場を動かなかった。

「どけ、と言ったんだ」プラインが吠えた。「持ち場へ戻れ」ピアノを指さした。

「彼女に手を出さないと約束するならな」

プラインはまた野次馬に顔を向けた。「聞いたか？　信じられるか？　おれがどけと言ってるのに、この男は動こうとしない。こいつはエディじゃないぞ」

人だかりのなかから声が上がった。「そいつはエディだ、まちがいない」

「確かにやつだぞ、ハガー」別の声がした。

プラインは少しうしろへ下がり、エディを上から下まで眺め回した。「どうしたんだ、おまえ？　自分のしていることが本当にわかっているのか？」

エディがまたウェイトレスに声をかけた。「逃げてくれ。早く、ここから姿を消すんだ」

「このゲームから手を退くのはいやよ」ウェイトレスが答

えた。「このゲームが気に入ってるの」

「そうさ、レナは気に入ってるのさ」プラインが言った。

「殴られるのが趣味なんだ。だから、おれが殴ってやる——

——」

「そんなことはさせない」エディの声は穏やかで、囁いているように聞こえた。

「させないだと?」用心棒はエディの口調を真似た。「どうやっておれを止めるつもりだ?」

エディは無言だった。

プラインはまた笑い声を立てた。手を伸ばしてエディの頭を軽く叩き、優しく、まるで父親のような口調で言った。

「おまえらしくないぞ。誰かにマリファナを吸わされたか、どこかのいたずら者がおまえのコーヒーに薬でも入れたんだろう」

「やつはラリってなんかいないぞ、ハガー」見物人のなかからヤジが飛んだ。「両足でしっかり立ってるぜ」

「どかないなら、頭から投げ飛ばしてやれ」別の見物人もはやし立てた。

「どかせてみせる」プラインが言った。「指を鳴らすだけで充分だ——」

エディは目で答えた。彼の目が用心棒に言った、そう簡単にはいかないぞ。

プラインはそれを読み取り、試してみることにした。彼はウェイトレスのほうへ足を進めた。エディはプラインの動きに合わせ、その前に立ちはだかった。誰かが大声を上げた。「気をつけろ、エディ——」

用心棒がエディに殴りかかった。まるで、ハエをたたき落とそうとするような一撃だった。エディがひょいと身をかがめると、かすめた拳はウェイトレスに向かった。エディは向きを変えて右手を繰り出し、それがプラインの頭に命中した。

「何だ?」プラインは苦しげな声を出し、エディに顔を向けた。

エディは足を大きく開き、両手を低くして身構えている。

「おまえがやったのか?」プラインが訊いた。

おれが? エディは自分に問いかけた。本当におれなのか？　ああ、そうだ。だが、それはあり得ないことだ。おれはエディだ。エディはそんなことはしない。そんなことをする人間は、はるか昔の流れ者だ。好きな飲み物は自分の血、好物はヘルズキッチンの荒くれ男やバワリーの乱暴者やグリーンポイントにいるごろつきの肉、そういう凶暴な男だ。あれは別の街、別の世界での出来事だ。この世界ではピアノの前に坐って音楽を奏で、本心を決して明かさない男、それがエディだ。なのに、どうして――

近づいてきた用心棒は左手をうしろに構え、右手でフォロー・スルーの準備をした。用心棒が打ち込んでくると、エディはからだを低くし、相手の腹に素早い右の一発をお見舞いした。プラインはうめき声を上げてからだを折った。エディはいったん後退し、今度は頭を狙って小刻みな右の攻撃をつづけた。

プラインが倒れた。

野次馬は静まりかえっていた。〈ハット〉の店内に聞こえるのは、膝をついてゆっくりと頭を振っている用心棒の荒い息づかいだけだった。

誰かが言った。「メガネを買い替えよう、見まちがいらしい」

「おまえの見たとおりだ」別の声が言った。「やったのはエディだ」

「いや、エディのはずはない。そいつの動き――あんなのはここ何年も見たことがない。ヘンリー・アームストロング以来だ」

「でなかったら、テリー・マクガバンだな」老人のひとりが言った。「そうだ、マクガバンだ。あれはマクガバンの左だ、まちがいない」

やがて、また静かになった。用心棒が立ち上がろうとしていた。ゆっくりと立ち上がり、野次馬に顔を向けた。野次馬は後退りした。いちばんうしろの者は椅子やテーブルを脇へどけた。「それでいい」用心棒が落ち着いた口調で言った。「場所を広げてくれ」

野次馬はピアニストに視線を移した。

「その必要はない」エディが言った。「お終いにしよう、ウォーリー」

「ああ、すぐに終わる」

エディは、カウンターの向こう端へ移動していたウェイトレスを示した。「彼女に手を出さないと約束すれば——」

「今のところはな」用心棒は答えた。「今はおまえが相手だ」

プラインがエディに突進した。

エディは、プラインの口に強烈な右を返した。いったん退いたプラインがふたたび前に出ると、そこへ二発目の右が飛んできて頬骨に当たった。プラインは次々と両手を繰り出したが、エディは楽しそうににやにやしながらからだを低くしてそれをかわした。エディが左アッパーにつづけて右の短いパンチを打ち込むと、用心棒の傷ついた頬骨がグシャッという音を立てた。プラインはふたたびうしろへ下がり、今度はいくぶん警戒して上下動でパンチを避けながら前に出てきた。

警戒は役に立たなかった。プラインは頭に右の一発、左目に左の三発、口に一発の右ストレートを喰らった。用心棒が口を開けると、二本の歯がこぼれ落ちた。

「なんてことだ！」誰かが息を呑んだ。

プラインはさらに警戒を強めた。左を打つと見せかけてエディを誘い込み、代わりに右を出したが空振りして頭に連打を喰らった。それを振り払うと、もう一度左のフェイントでエディを誘い込んでから右を出した。今度は命中した。エディは顎に喰らってはね飛ばされ、床に仰向けに倒れた。彼はしばらく目を閉じたままだった。誰かの声が聞こえた。「水をかけろ——」エディは目を開けた。そして用心棒ににやりと笑いかけた。

用心棒も笑みを返した。「どうだ？」

「なかなかいいぞ」エディはそう言って立ち上がった。用心棒がすかさず近づいて顎を殴り、エディはまた倒れた。笑みを浮かべたまま、のろのろと立ち上がった。彼は拳を構えたが、すぐ近くに迫っていたプラインが押し返した。

プラインは長い左でエディをテーブルまで追い詰め、次の右でテーブルの向こうまで吹っ飛ばした。頭から床に落ちたエディは、横に転がって起き上がった。

プラインは、すでにテーブルの反対側に回ってエディを待ちかまえていた。右で頭を連打し、脇腹に左フックを加え、大きく退いた腕を思いきり振り回すと、それがエディの側頭部に命中した。エディは膝をついた。

「じっとしていろ」誰かが大声で言った。「お願いだ、動かないでくれ」

「そんなことはさせない」用心棒が言った。「目を開けてよく見ていろ。やつはまた立ち上がる」

「じっとしていろ、エディ――」

「何で、やつが動いちゃいけないんだ?」用心棒が訊いた。「見ろよ、笑ってるぜ。やつは楽しんでるんだ」

「楽しくてたまらないな」そう言ったかと思うと、エディはいきなり近づいて用心棒を殴りつけた。口を、傷ついた目を、そしてまた口を。目の傷がまたさらに大きな口を開けると、プラインが苦悶の声を上げた。

野次馬は壁ぎわに追い詰められた。口を狙った一撃で、用心棒がよろめくのが見えた。小柄な男が突き出したストレートが、用心棒の腹にめり込むのが見えた。プラインは息を切らし、からだを折り曲げ、倒れようとしていた。小柄な男が近づき、右手でプラインの上体を起こした。そして彼の左手がうなりを上げてプラインの傷ついた目に叩き込まれたとき、吐き気を催すような音が聞こえた。

プラインが悲鳴を上げた。

別の悲鳴が聞こえた。見物人のなかにいた女のものだった。

「誰か、止めろ――」男が叫んだ。

プラインは痛めた目にもう一度フックを喰らい、うなりを上げた右を口に喰らい、左を目に。右を傷ついた頬骨に、さらに右を二度同じ頬骨に喰らった。エディは用心棒の頬骨を砕き、目を潰し、血だらけの歯茎から四本の歯をへし折った。用心棒はもう一度悲鳴を上げようとして口を開け、顎に右のパンチを喰らった。彼は椅子に崩れ落ち、椅子がバラバラになった。プラインが這いつくばって床を手探りすると、手頃な長さの木片が触れた。壊れた椅子の脚だ。彼は立ち上がり、小柄な男の頭めがけて力任せに棍棒を振った。

棍棒は空を切った。もう一度振ったが、今度も空振りだった。小柄な男は後退した。用心棒はじりじりと前に出て棍棒を振り回し、それが小柄な男の肩をかすめた。

エディは後退をつづけた。テーブルに突き当たると、用心棒がまた頭を狙ってきたので横に飛び退いた。棍棒は、エディのこめかみからほんの二、三インチのところを通った。

近すぎる、エディは思った。あまりにも近すぎて、健康と幸福のためによくない。それで思い出したが、おまえは危険に曝されている。危険と言ったか？　今のおまえの状態、それがすでに危険だというのだ。何でまだ立っているんだ？　彼を見てみろ。彼はすっかり狂っている。それは憶測でもないし、理屈でもない。彼の目を見てみろ。片方の目でもいい。もう片方は潰れているからな。開いているほうの目を覗いてみるんだ。そのなかにあるものがわかるか？　殺人だ。彼は殺すつもりなんだ、何とかしなければ。

何をするにしろ、素早く行動したほうがいい。おれたちは今、ホームストレッチに入っている。ゴールは目前だ。そう——さっきはもう少しでやられるところだった。あと一インチかそこらでやられていただろう。いまいましいテーブルだ。邪魔になるテーブルはどれもこれもいまいましい。だが出口は、裏口は、試してみる価値のある距離だ。そう、おまえにできることはそれだけだ。ここから生きて出たければ。

エディは回れ右をし、一目散に裏口へ向かった。もう少しでドアというとき、見物人のなかから息を呑む声がした。エディが振り向いて目をやると、用心棒がウェイトレスに向かっていた。

ウェイトレスはカウンターを背にしていた。追い詰められ、行く手をふさがれていた。一方にはひっくり返ったテーブル、もう一方には人垣があった。用心棒は肩を怒らせ、棍棒を振り上げてじわじわと詰め寄っていく。血の滴る口から、喉を鳴らすような低い音が漏れた。それは葬送曲のように身の毛のよだつ音だった。

ウェイトレスと用心棒の距離は二十フィートほどしかない。それが十五フィートに詰まった。用心棒は、ひっくり返ったテーブルを跨いで前のめりになった。すかさず、エディが動いた。

見物人は、エディがカウンターに突進するのを目にした。彼は木製のカウンターを飛び越え、その奥にある調理台に飛びついた。調理台にたどり着いたエディは、パン切りナイフをつかんだ。

カウンターから出たエディは、ウェイトレスと用心棒のあいだに割り込んだ。それは大振りなナイフだった。ステンレスのよく切れる刃がついていた。エディは考えた、用心棒はこれの切れ味を知っている。ハリエットがパンや肉を切るのを見たことがあるはずだ。きっと、棍棒を捨てて我に返るだろう。見ろ、彼は足を止めた。じっと立っているだけだ。あとは、あの棍棒を捨てさえすれば。

「それを捨てろ、ウォーリー」

プラインは棍棒を放さなかった。ナイフを見つめ、ウェイトレスに視線を移し、またナイフに戻した。

「その棒を捨てろ」エディはゆっくりと一歩踏み出した。

プラインは二、三フィート後退した。そして足を止め、いくらか不思議そうな顔をして周囲に目を走らせた。それから、ウェイトレスに目を向けた。また喉を鳴らすような音が聞こえた。

エディはもう一歩前へ出た。ナイフをほんの少し上げた。ひっくり返ったテーブルを蹴飛ばし、自分と用心棒のあいだのスペースを広げた。

彼は用心棒に向かって歯をむき出した。「わかった、覚悟はできてるな——」

人垣のなかから女の金切り声がした。ハリエットだった。エディがそのままゆっくり用心棒のほうへ足を進めると、また金切り声を上げた。「やめて、エディ——お願い!」

エディはハリエットに目を向けたかった。大丈夫、ただの脅しだ、と目で教えたかった。だが、彼は考えた、そんなことはできない。この男から目を離してはいけない。おまえの目で彼を押し返してやるんだ——

プラインはまた後退しはじめた。まだ棍棒をつかんだままだが、それを握る手から力が抜けていた。それをつかんでいることも忘れているようだ。彼はまた二、三歩うしろへ下がった。やがて、彼は裏口のドアに顔を向けた。

うまくいったようだ、エディは独り言を言った。もし彼をここから追い出すことができたら、もし彼をあのドアの外、〈ハット〉の外、ウェイトレスに手の届かないところへ連れ出すことができたら――

見ろ、彼が棍棒を捨てた。よし、それでいい。よくやった、ハガー。おまえならできる。来い、ハガー、おれが相手だ。だめだ、彼女に目を向けるな。おれに目を向けろ、ナイフに目を向けろ。こんなによく切れるナイフだ、ハガー。これから逃げだしたいか？　おまえのすべきことは、あのドアへ向かうことだけだ。頼む、ウォーリー、あのドアのほうへ行け。おれが通してやる。おまえといっしょに行ってやる。すぐうしろについていく――

エディはナイフを振り上げた。用心棒に近づき、その喉をかき切る真似をした。

プラインは裏口に向かって走りだした。

エディはあとを追った。

「やめて――」ハリエットが叫んだ。

他の見物人も口々に言った。「やめろ、エディ。エディ――」

エディはプラインを追って裏の部屋を抜け、路地へつづくドアから外へ出た。風が吹きすさび、雪の積もった路地をプラインは駆け抜けていった。彼についていこう、エディは思った。今こそ仲間を必要としているハガーといっしょにいてやろう。今の彼に必要なのは、肩に置かれた仲間の手と、大丈夫だ、ウォーリー、大丈夫だ、という優しい声にちがいない。

プラインが振り返ると、エディがナイフを持ったまま追ってきた。プラインは足を速めた。長い路地を、プラインは風に向かって走った。すぐに止まるはずだ、エディはそう思った。体重はあるし深手も負っている、このペースを保つことはできまい。それはおまえも同じだ。おまえだって体重がある。オーヴァーコートを着ていなくてよかったな。いや、あまりよくないかもしれない。なぜって、いいか相棒、外は寒いからだ。

用心棒は路地の中程でまた振り返り、脇へそれて高い板塀の前で止まった。塀をよじ登ろうとしたが、足場が見つからない。彼はまた路地を走りつづけた。雪に足を滑らせて転び、起き上がってうしろを振り返り、また走りはじめた。さらに三十ヤードほど進むとまた立ち止まり、今度は塀の扉を試した。扉が開いた。用心棒はなかへ入った。

エディは扉のところまでやって来た。扉は開けっ放しだった。二階建ての住宅の小さな裏庭につづいている。エディが裏庭に足を踏み入れると、プラインが家の壁をよじ登ろうとしていた。

プラインは壁に爪を立て、赤いレンガの狭い隙間に指を入れようとしていた。たとえ指の肉がぜんぶそげ落ちても、壁を登るつもりでいるかのようだった。

「ウォーリー――」

用心棒は相変わらず壁を登ろうとしていた。

「ウォーリー、聞け――」

プラインは慌てて壁をよじ登った。爪がレンガに引っかかって剝がれた。プラインは壁を滑り落ち、がっくりと膝をついた。やがてからだを起こして壁を見上げ、おもむろに向きを変えてエディを見つめた。

エディは微笑み、ナイフを捨てた。ナイフは鈍い音を立てて雪の上に落ちた。

用心棒はじっとナイフに目を落としていた。それは半分雪に隠れていた。プラインは震える指でナイフを示した。

「こんなものに用はない」エディはナイフを脇へ蹴飛ばした。

「おまえはもう――ウォーリー――?」

「忘れろよ、ウォーリー」

用心棒は血まみれの顔に手を運んだ。口の血をぬぐい、血のついた指に目をやってからエディを見上げた。「忘れろだと?」そう呟き、にじり寄ってきた。「どうやったら忘れられるんだ?」

落ち着け、エディは思った。落ち着いてゆっくり事を運ぶんだ。エディはまだ用心棒に微笑みかけていた。「だったら、こう言い換えよう――おれはもう充分だ」

だが、プラインはさらに進み出た。「まだだ。決着がついてない――」

「おまえの勝ちだ」エディは言った。「おまえはおれには大き過ぎる、そういうことだ。おれの手には負えない」

「でまかせを言うな」用心棒が言った。さんざん痛めつけられた彼の頭は、赤い靄の向こうから手探りしているようでもあり、的確に理解しているようでもある。「おれは逃げだすところを見られたんだ。つまみ出された用心棒だ。きっと笑い話のタネにされる――」

「ウォーリー、いいか」

「みんな、おれのことを笑うだろう」プラインはすでに身構え、じわじわと距離を詰めながら、肩を左右に動かして攻撃に備えていた。「そんなことはさせない。それだけは我慢できない。やつらにわからせてやる――」

「みんなわかってるさ、ウォーリー。証明する必要はない」

「――やつらにわからせてやる」プラインは、自分に言い聞かせるかのように言った。「レナがおれについて言ったことを、ぜんぶ消してみせる。おれは用済みになった無名の男に過ぎないとか、クズだとか、ペテン師だとか、ウジ虫だとか――」

エディは雪に埋もれたナイフに目を落とした。手遅れだ、彼は思った。言ってしまったことばを悔いても取り返しがつかない。何事も取り返しはつかないのだ。そのことは、おまえが経験済みだ。

「聞いてくれ」用心棒は自分に語りかけた。「レナはおれをそう呼んだ、そいつはぜんぶでたらめだ。おれの名はたったひとつだ。おれはハガーだ――」用心棒は声を詰まらせていた。巨大な肩が震え、血だらけの口が醜く歪んだ。「おれはハガーだ。ハガーを笑うことは許さない」

プラインが飛びかかった。エディの腰に太い腕を勢いよく巻きつけて締め上げた。そうだ、彼はハガーだ。エディは、ベア・ハグのとてつもない破壊力を感じた。内臓が胸郭のなかへ絞り上げられるようだ。息ができないどころか、息をしようとすることさえできない。用心棒の顎がエディの胸骨にぐいぐいと押しつけられ、エディは口を開けて頭をのけぞらせ、目を堅く閉じた。エディは思った、とても耐えられない。これに耐えられる生き物などいない。

用心棒に持ち上げられ、エディの足は地面から数インチも離れていた。ベア・ハグにますます強い力が加えられると、エディがうしろ宙返りをしようとするように両脚を振り上げ、その脚が用心棒の膝のあいだに入った。用心棒はよろめきながら足を踏み出し、二人いっしょに倒れ込んだ。冷たく濡れた雪の感触があった。上になった用心棒はそのままベア・ハグをつづけている。広げた膝をしっかり雪に固定し、太い腕に力を込めた。

エディは目を閉じたままだった。開けようとしたが、できなかった。次に左腕を動かそうとし、自分の爪を思い浮かべながら独り言を言った。鉤爪がほしい、だが用心棒の顔に手が届くだろうか——

左腕は二、三インチ持ち上がって雪の上に落ちた。その手に雪の冷たさがしみた。やがて、冷たさを感じなくなった。おまえは死にかけている、エディは自分に言った。おまえは意識を失いかけているんだ。靄の立ちこめる頭のなかを、その考えが駆けめぐった。彼は右手を試してみようとした。

何を試すって？ エディは自分に問いかけた。今のおまえに何ができる？ 彼の右手が雪の上で弱々しく動いた。指先が木製の硬いものに触れた。その瞬間、それが何かわかった。ナイフの柄だった。

ナイフの柄を引き寄せながら、エディは心のなかで言った。腕だ、腕を刺すんだ。そしてなんとか目を開けようとした。残る力のすべてを、目を開けることとナイフの柄をつかむことに集中した。エディはナイフをプラインの左腕に向けた。深く突き刺すんだ。深く突き刺せば、プラインも手を放さざるを得ないだろう。

ナイフが振り上げられた。近づいてくるナイフはプラインの目に入らなかった。プラインは、ベア・ハグにもっと力を込めようとからだの位置を変えた。右から左へ。プラインはその切っ先を胸に受けた。刃が深く突き刺さった。

「何だ？」プラインが言った。「おまえ、おれに何をしたんだ？」

エディは、まだナイフの柄を握っている自分の手をまじまじと見つめた。用心棒はまるで漂うようにエディから離れ、左右によろめきながら後退りしていった。エディが赤く光る刃を眺めていると、用心棒の姿が目に入った。彼は痙攣しながら雪の上を転がり回っていた。

用心棒は仰向けになった。そして腹這いになり、また仰向けになった。やがて、動きが止まった。口を大きく開け、深い息をはじめた。吸い込まれた空気が、ピンクや赤やダーク・レッドの泡といっしょに吐き出された。用心棒の目が大きく見開かれた。そしてため息をつき、目を大きく見開いたまま事切れた。

12

エディは雪の上に坐り、死んだ男を見つめていた。

彼は独り言を言った。誰がやったんだ？　次に雪の上にひっくり返り、からだの内側をほぐそうとしてあえぎながら咳をした。すごい力で絞められたからな、両手で腹を押さえて思った。全体が圧迫され、調子が狂っている。それがわかるのか？　もちろんおまえにはわかっている。もうひとつわかっていることは、ラジオのニュースだ。この雪の上にあるもの、相棒、それはおまえの仕事だ。もう一度見たいか？　おまえの仕事を賞賛したいか？

いや、今はやめておこう。もうひとつ、やらなければならない仕事がある。路地から聞こえるあの物音、あれは様子を見にやって来た〈ハット〉の常連客だ。どうしてもっと早く来なかったんだ？　きっと怖かったにちがいない。

それとも動けなかった、むしろそういうことだろう。だが、今は路地にいる。彼らは塀の扉を開けるだろう、鍵のかかっていない扉を。そうだ、彼らはおれたちが裏庭にいると思っている。だからおまえのすべきことは、彼らをここに入れないことだ。扉に鍵をかけることだ。

いや、ちょっと待て――死体に話を戻そう。どうして、あれを見られたくないんだ？　彼らは遅かれ早かれ目にすることになる。そして、これはただの事故だということになる。殺意はなかった、と。おまえは腕を狙い、そのあとで彼が動いた。右から左へ、正しい場所から誤った場所へ、ほんの四インチか五インチ動いただけだ。そうだ、それが真相だ。彼は誤った動きをした、だからこれは事故だ。

おまえは事故だと言う。彼らは何と言うだろうか？　殺人だと言うだろう。

彼らは〈ハット〉であったことを頭のなかで再生し、それをもとに判断する。たとえば、おまえが彼にナイフを突きつけた場面。彼が逃げだしたときに、おまえがあとを追った場面。だが、ちょっと待て、あれははったりだったじゃないか。

ああ、相棒。おまえにはわかっている。だが、彼らにはわかるまい。そんなものだ。はったりというのは、パドルを持たずにカヌーに乗るようなものだ。なぜなら、あのはったりは完璧だったからだ。完璧すぎた。うまく船を進めたものだ、相棒。ハリエットは真に受けた。他の連中もみな真に受けた。彼らはきっとこう言うだろう、おまえは殺人を犯した、ちゃんとそう顔に書いてある。

予想してほしいか？　おそらく第二級殺人ということになるだろう。刑期は仮釈放審査委員会の連中の感情的状況、あるいは胃袋の状況によって五年か七年か十年か、もしかするとそれ以上かもしれない。司法取引に応じる気はあるのか？　いや、その気はない。はっきり言って、まったくないんだ。

すぐに動いたほうがいい。扉に鍵をかけたほうがいい。

エディは肘をついて上体を起こし、塀の扉に顔を向けた。彼のいるところから扉までの距離を測るのは難しかった。あたりは薄暗くなっていた。傾いた太陽は濃いグレイのカーテンに遮られている。そのカーテンは上空で分厚く、ここ地上ではさらに厚くなって降りしきる雪の白いまだら模様がついていた。それを目にしたエディは、オーヴァーコートを着ていないことをまた思い出した。彼はぼんやりとした頭で考えた、オーヴァーコートを取りに帰ったほうがいい、ここにいたら凍えてしまう。

独房のなかはもっと寒い。どこよりも寒いぞ、相棒。

エディは力を振りしぼり、十五フィートほど離れた扉に向かって雪の上を這っていった。何でそんなことをしているんだ？　彼は自分に問いかけた。立ち上がって歩けばいいのに。

答えは、立ち上がれないということだった。おまえは今にも死にそうだ。おまえに必要なのは、病室の暖かいベッドと看護してくれる白衣を着た連中だ。少なくとも、痛みを取り去る注射をしてくれる人たちだ。ひどい痛みがある。肋骨が折れているんじゃないだろうか？　もういい、泣きごとを言うのはやめよう。あの扉に向かって進みつづけよう。

雪の上を扉に向かって這いながら、路地から聞こえてくる物音に耳を澄ました。物音は近くなっていた。路地の両側にある塀の扉を揺する音に混じって、声が聞こえてきた。誰かが叫んでいた。「そっちを試してみろ――こっちは鍵がかかっている」別の声が言った。「たぶん、もっと先まで行っちまったんだろう――通りに出たのかもしれない」三番目の声が異を唱えた。「いや、やつらはここらの裏庭にいるんだ――そんなに早く通りに出られるわけがない」

「だったら、この辺にいるはずだ」

「警察を呼んだほうがいい――」

「もう少し行ってみよう。扉を調べるんだ」

エディはほんの少し動きを速めた。ほとんど動いていないように思えた。開いた口が空気を求めていた。空気が流れ込むと、まるで熱い灰を喉に押し込まれたような気がした。たどり着かなくては、彼は自分に言い聞かせた。何としても、あの扉のところまで行って鍵をかけるんだ。あの扉に。

声はますます近くなっていた。ひとりがふと大声を上げた。「おい、見ろよ、足跡がある——」

「どの足跡だ？　足跡は二組以上あるぜ」

「スポールディング通りへ行ってみよう——」

「おれは凍えそうだ」

「なあ、警察を呼んだほうが——」

彼らが近づいてくるのが聞こえた。エディは扉から二、三フィートのところにいた。立ち上がろうとした。やっとのことで膝をつき、からだを持ち上げようとすると膝が崩れた。顔から雪に突っ込んだ。立ち上がれ、自分に言い聞かせた。立ち上がれ、この怠け者。

雪にしっかりと手をつき、肘を伸ばし、膝をてこにして必死で起き上がろうとした。やっとからだを持ち上げて前につんのめると、開いた扉をつかんだ。扉を閉め、かんぬきをかけた。かんぬきがあるべきところに収まって鍵がかかると、エディはふたたび倒れた。

これで当面は大丈夫だろう、彼は思った。少なくともしばらくのあいだは。だが、そのあとはどうなる？　そうだな、そのときになったら話し合おう。彼らが路地にいないことがはっきりして、危険がなくなったらな。そうなれば動くことができる。それで、どこへ行くんだ？　こいつは一本取られたな、相棒。おれにはヒントを与えることもできない。

エディは横向きに倒れていた。顔の下側に雪の感触があり、頭の上からどんどん積もってきた。風がエディの肉に食い込み、冷気がからだの奥深く染みこんで骨を切り刻んだ。路地の声や足音や扉を開け閉めする音が聞こえたが、音は近づくにつれて妙にぼんやりしてきた。扉のすぐ外を通り過ぎていく音は、まるで遠くに聞こえるハミングのようにくぐもっていた。子守唄みたいだ、エディはぼんやりと思った。彼の目が閉じられ、頭が雪の枕に沈んだ。エディは夢うつつで漂っていた。

エディはその声で目を覚ました。空耳だろうか、そう思いながら目を開けた。

「エディ——」

それはウェイトレスの声だった。路地をゆっくりとやって来る彼女の足音が聞こえた。

エディはからだを起こし、目を瞬いた。激しい風と雪から顔を守ろうと腕を上げた。

「エディ――」

大丈夫、あれは彼女だ。何の用だろう？

エディは顔から腕を離した。あたりを見回し、目を上げると灰色の空が見えた。降りしきる雪が建物の屋根に積もり、渦巻く風に飛ばされて裏庭に吹き込んでくる。裏庭で動かなくなっている大きな物体に、いつの間にか白くて薄いブランケットが掛かっていた。

あのままだ、エディは思った。おまえは何を期待しているんだ？　あれが立ち上がって歩き去ることとか？

「エディ――」

すまないが、今はおしゃべりなどしていられない。ちょっと忙しいんだ。いくつか確かめなきゃならないことがある。第一は時間のことだ。おれたちはいつ眠りに落ちたんだろう？　さあ、それほど長い時間じゃないと思う。五分ぐらいということにしよう。もっと眠ればよかった。本当に睡眠が必要だ。よし、もう一度眠るとしよう。あとのことは後回しだ。

「エディ――エディ――」

彼女はひとりだろうか？　エディは自分に問いかけた。そんな気がする。彼女がこう言っているように聞こえた、もう大丈夫よ、出てきてもいいわ。

ウェイトレスがまた呼びかけた。エディはのろのろと立ち上がり、鍵を外して扉を開けた。

足音が扉に駆け寄った。エディは後退りし、彼女が裏庭に入ると塀にからだを預けた。ウェイトレスはエディを見つめ、何か言いかけたがふと口をつぐんだ。彼女の目がエディの指さす先を追った。ゆっくりとその方向に歩きだした彼女は、死体に近づくにつれて顔をこわばらせた。そして、しばらくその場に立って死体を見下ろしていた。やがて首を僅かに回し、雪に半分埋まった血のついたナイフに目を留めた。彼女はナイフと死体から目をそらし、ため息をついて言った。「かわいそうなハリエット」

「ああ」エディはそう言い、ぐったりと塀にもたれた。「ハリエットにとってはひどい仕打ちだ。それは――」

エディはそのことばを口に出せなかった。痛みが波のように押し寄せ、唇からうめき声が漏れた。へなへなと膝をつき、ゆっくりと首を振った。「消えたかと思うと、また襲ってくる」彼は呟いた。

ウェイトレスの声が聞こえた。「いったい何があったの?」

彼女はエディを見下ろすように立っていた。エディは目を上げた。ずきずきする痛みに加え、疲労で起き上がれなかった。エディは無理に笑顔を作った。「新聞で読むだろう――」

「今話して」ウェイトレスはエディの横に膝をついた。「今すぐ知りたいの」

「なぜ?」エディは笑みを浮かべたまま、雪に目を落とした。またうめき声が漏れ、笑みが消えた。「どうでもいいことだ――」

「とんでもないわ」彼女はエディの肩をつかんだ。「詳しく話して。あたしたちがどういう状況に置かれているか知りたいの」

「私たち?」

「そうよ、あたしたちよ。さあ、今すぐ話して」

「話すことは何もない。見てのとおりだ――」

「こっちを見て」エディが僅かに頭を上げると、ウェイトレスは膝を進めた。彼女は静かに、冷静な口調で話していた。「捨て鉢になっちゃだめ。向き合うのよ。何があったか話してちょうだい」

「まちがいだったんだ――」

「そう思ってたわ。ナイフのことよ。あなたはナイフを使うような人じゃないわ。ただ、脅しをかけたかっただけよ。プラインを〈ハット〉から追い出して、あたしから遠ざけるためにね。そうじゃないの?」

エディは肩をすくめた。「同じことだ――」

「やめて」彼女はぴしゃりと遮った。「事実をはっきりさせなきゃ」

彼はまたうめき声を漏らし、咳をした。「今は話せない」

「だめよ」彼女はエディの肩をつかむ手に力を込めた。

「話さなきゃだめ」

「あれは――あれはたんなる手ちがいだった。プラインを説得できると思ったんだ。だが、できなかった。彼が正気じゃなくなっていたからだ。完全に狂っていた。いきなり飛びかかってきたかと思うと、おれを捕まえて絞めつけた。もう少しで押しつぶされるところだった」

「それでナイフを？」

「ナイフは雪の上にあった。切りつける気がないことをわからせようと、おれが脇に捨てたんだ。だが、プラインは全体重をかけてきた。おれは意識を失いかけて、手を伸ばすとナイフがあった。おれは腕を狙ったんだが――」

「それで？　つづけて――」

「腕を刺せば手を放すと思った。だが、ちょうどそのとき、プラインが動いたんだ。あまりに急に動いたんで間に合わなかった。ナイフは彼の腕をそれて胸に突き刺さった」

レナは立ち上がった。考えこむように眉を寄せている。塀の扉まで歩き、ゆっくりと向きを変え、立ったままエディを見つめた。「賭けてみたい？」

「何に賭けるんだ？」

「警察がそれを信じるという可能性よ」

「やつらは信じないだろう。やつらが信じるのは証拠だ」

レナは何も言わなかった。扉から離れて首を垂れ、ゆっくりと小さな円を描いて歩きはじめた。

エディは懸命に力を振りしぼり、呻いたり喘いだりしながら立ち上がった。そして塀にからだを預け、庭のまん中の雪が赤く染まっているところを指さした。「そいつを見てみろ」彼は言った。「死体が転がっている。やったのはおれだ。警察が知りたいのはそれだけだ」

「でも、あなたのせいじゃないわ」

「わかった、警察に言おう。手紙でも書くとしよう」

「ええ、そうね。でも、どこから出すの？」

「まだわからない。わかっているのは、旅に出なければならないということだ」

「旅に出るにしては素晴らしい体調ね」

エディは雪に目を落とした。「もしかすると、穴を掘って隠れたほうがいいのかもしれない」

「だめよ」彼女は言った。「あなたのせいじゃなかったのよ」

「なあ、教えてくれ。どこへ行ったら、ヘリコプターが買えるんだ？」

「あれはプラインのせいよ。彼がへまをしたのよ」

「気球でもいい」エディは呟いた。「この塀を飛び越えて街の外へ連れていってくれるような、大きくてすてきな気球だ」

「なんて楽しそうなんでしょ」

「ああ、これは楽しいことじゃないのか？」

レナは死体に顔を向けた。「クズ野郎」死体に言った。

「バカなクズ野郎」

「そんなことを言うな」

「クズ野郎。バカな男」静かな口調で死体に話しかけた。

「あんたがやったことを見るがいいわ」

「やめろ」エディは言った。「それに、頼むからこの庭から出ていってくれ。万一おれといっしょに見つかったら——

——」

「見つかりっこないわ」彼を手招きし、塀の扉を示した。

エディはためらった。「やつらはどっちへ行った？」

「スポールディング通りの向こうよ。次の路地へ入ったわ。だから戻ってきたの。あなたはきっとこのあたりの庭にいると思ってね」

レナは扉に近づき、立ち止まってエディを待った。エディはからだを折り曲げ、腹を押さえてゆっくりと近づいてきた。

「歩ける？」彼女が訊いた。

「さあ、どうかな？　歩けそうもない」

「やってみて、やってみなくちゃだめよ」

「外を見てくれ。安全を確かめたい」

彼女は戸口から身をのりだし、左右の路地に目を走らせた。「大丈夫よ、行きましょう」

エディはもう二、三歩レナに近づいた。すると膝の力が抜け、しゃがみ込みそうになった。レナは急いで駆け寄り、彼の腋の下に手を入れて支えた。「行きましょう、今よ。あなたは大丈夫」

「ああ、素晴らしいよ」

　彼女はエディを立たせ、歩くよう促した。扉から出ると、二人は路地を歩きはじめた。エディは、それが〈ハット〉の方角だということに気づいた。彼女が言った。「今、あそこには誰もいないの。みんな、スポールディング通りの向こうへ行っちゃったわ。うまくいけば、あたしたち――

――」

「私たちと言うのはやめろ」

「あたしたち、〈ハット〉にたどり着ければ――」

「いいか、私たちじゃない。その〝私たち〟という言い方は気に入らない」

「よして、そんなこと言わないで」

「ひとりのほうがいい」

「黙って」レナは腹立たしげに言った。「それは堅物の口癖よ」

「いいか、レナ――」エディは彼女から離れようと儚い努力をした。

　彼女は腋の下の手に力を込めた。「先を急ぎましょう。さあ、もうじき着くわ」

　彼は目を閉じていた。立ち止まっているのだろうか？　歩いているのだろうか？　それとも風に運ばれ、雪のなかを漂っているだけだろうか？　確かめることはできない。おまえはまた気を失いかけている、彼は独り言を言った。そして、心のなかで彼女に言った、手を放せ、手を放せ。眠りたいのがわからないのか？　放っといてくれないか？　おい、おまえは誰だ？　どうするつもりなんだ？

「すぐそこよ」

　すぐそこに何があるんだ？　彼女は何の話をしてるんだ？　どこへ連れていくんだ？　どこか暗いところにちがいない。そう、これはペテンだ。きっと、殴り倒される。もしかすると頭を叩き潰されるかもしれない、もしまだ潰れていないとしたら。それにしても、何でブルースを歌うんだ？　他のやつらにも悩みがある。ああ、誰にでも悩みはある。いつも天気の良いところに住んでいる連中は別だが。それはどんな地図にも載っていない、実在しない街《ナッシングタウン》と呼ばれるところだ。おれはそこにいたことがある。それがどんなところか知っているから、話してやろう。それは純粋に喜びを与えるもので、変わることがない。それはピアノの前のおまえ、おまえは何も知らなかった。この厄介な問題が持ち上がるまでは。おれたちが抱えているこの厄介な問題。彼女はあの顔とあのからだをして現われ、おまえは気づかないうちに引っかかってしまった。おまえは身をくねらせて逃れようとしたが、針が深く食い込んでいるうえに釣り針には〝かかり〟がある。女《フッカー》は得点を上げ、おまえはいま魚籠のなか、すぐに料理の時間になる。まあ、冷凍《フリージング》されるよりはましだ。ここは本当に寒い《フリージング》。ここってどこだ？　おれたちはどこにいるんだ？

エディは雪の上にしゃがみ込んだ。レナが彼を引っ張り上げた。彼はレナに倒れかかり、やがて離れ、路地を横切って塀にぶつかった。そして、またしゃがみ込んだ。レナは彼を立ち上がらせた。「もうっ、しっかりしてよ」彼女は屈み込んで雪をつかむと、それをエディの顔に当てた。

誰がやったんだろう？　エディは思った。誰が誰を殴ったって？　アイスクリームでサイの目を殴ったのは誰だ？　おまえだったのか、ジョージ？　ジョージ、そんな態度を取ると、顔面に一発ぶち込まれるぞ。

エディはやみくもに腕を振り回し、危うくレナの顔を殴りそうになったあげく、また倒れかけた。レナは彼を抱きとめた。それでもまだしばらく腕を振り回していたエディは、やがてレナの腕のなかでぐったりとなった。レナは急いでうしろへ回り、彼の胸に腕をしっかり巻き付けて抱え上げた。「さあ、歩いて。歩くのよ」

「押さないでくれ」エディはぶつぶつ言った。目は閉じたままだった。「何で押すんだ？　足がある——」

「だったら、それを使いなさいよ」レナは、彼に膝を押しつけて歩かせようとしていた。「酔っ払いより始末が悪いわ」そう文句を言いながら、彼が倒れかかってくるとますます強く押しつけた。降りしきる雪のなかを、二人はおぼつかない足取りで歩いていった。塀の扉を四つ通り過ぎた。レナは、路地の左側に並ぶ扉の数で距離を測っていた。〈ハット〉まであと扉六枚というところで、エディがまた倒れた。前のめりになって雪に突っ伏し、レナまで巻き添えを食ってしまった。レナは起き上がってエディを立ち上がらせようとしたが、今度はうまくいかなかった。二、三歩下がって深く息をついた。

彼女はコートの内側に手を入れた。その手がエプロンの下に伸び、出てきたときには五インチのハットピンを握っていた。その長いピンを、彼女はエディのふくらはぎに突き立てた。そしてもう一度、さらに深く。「何が嚙みついてるんだ?」エディは呟いた。「感じる?」彼女はもう一度ハットピンを使った。エディはレナを見上げた。「楽しいかい?」

「とっても」彼女はハットピンを見せた。「もっとしてほしい?」

「いや」

「だったら、立って」

エディは必死の思いで立ち上がった。レナはハットピンを投げ捨てて手を貸した。二人は〈ハット〉の裏口へ向かって路地を歩いた。

なんとか彼を歩かせて〈ハット〉に入り、裏の部屋を通り抜けてゆっくりと地下室への階段を下りた。地下室に入ると、レナはエディを抱えるようにしてうずたかく積み上げられたウィスキーとビールのケースに向かった。そして彼を床に下ろし、木箱や段ボール箱のうしろへ引きずっていった。エディは横向きに寝そべり、支離滅裂なことを呟いている。レナは彼の肩を揺すった。エディが目を開けた。

「ねえ、よく聞いて」レナは小声で言った。「ここで待っていて。動いちゃだめよ。音を立てないようにね。わかった?」

エディは微かに頷いた。

「あなたは大丈夫よ。少なくとも、当分のあいだはね。彼らは、あなたとプラインを捜して近所をしらみつぶしに調べるわ。当然、プラインは見つかるでしょう。彼らはもう一度路地を当たって、きっとプラインを見つけるわ。そうしたら警察が出てきて、あなたを捜しはじめる。でも、ここは調べないと思うの。よほど勘がよくないかぎりはね。だから、たぶんチャンスはある――」

「可能性はな」エディは呟き、苦笑いをした。「おれはどうしたらいいんだ？　冬中ここで過ごすのか？」

　レナは彼から目をそらした。「今夜連れ出せたらいいと思ってるの」

「で、どうするんだ？　ちょっと散歩でもするのか？」

「運がよければ、乗り物が手にはいるわ」

「どこかの子どものローラースケートか？　それとも橇か？」

「車よ。車を借りようと思うの――」

「誰に？　誰が車を持っているんだ？」

「家主よ」彼女はまた目をそらした。

　エディは彼女の顔に目を据え、ゆっくりと言った。「家主にえらく気に入られているんだな」

　彼女は何も言わなかった。

「どういう魂胆だ？」

「キーの置き場所を知ってるの」

「それはすごい。素晴らしい思いつきだ。そこで頼みがある。その話はなかったことにしてくれ」

「でも、聞いて――」

「やめるんだ」彼は言った。「だが、とにかくありがとう」

　エディは寝返りを打ち、背中を向けた。

「わかった」レナは静かに言った。「今は眠りなさい。あとで来るわ」

「いや、だめだ」彼は片肘を立て、レナに顔を向けた。

「これは心からのお願いだ。二度と来ないでくれ」

　レナはにっこりした。

「本気だからな」

　彼女はまだ笑みを浮かべていた。「あとで参ります、ご主人様」

「言ったはずだ、二度と来るな」

「あとでね」レナは階段のほうへ歩いていった。

「おれはここにいないからな」エディはレナの背中に声をかけた。「おれは――」

「待ってなくちゃだめよ」彼女はエディを振り返った。

「ここで、じっと待ってるのよ」

　エディは地下室の床に頭をつけた。床はコンクリートで冷たかった。だが周囲の空気は暖かく、ボイラーは十フィートと離れていなかった。目を閉じると、暖かさがからだを包み込んだ。階段を上がっていく彼女の足音が聞こえる。その心地よい響きが暖かさと混じり合った。エディはほっとして独り言を言った、彼女は戻ってくる、彼女は戻ってくる。そして、彼は眠りに落ちた。

13

六時間も眠っていた。レナの手が肩に置かれ、エディを揺り動かした。彼は目を開け、上体を起こした。彼女が囁いた。「シッ――静かに。警察が階上《うえ》にいるわ」

地下室はまっ暗だった。レナの顔の輪郭も見えない。

「いま、何時だ?」

「十時半ごろよ。よく眠ったわね」

「ウィスキーの臭いがする」

「それ、あたしよ。警察といっしょに二、三杯飲んだの」

「やつらが酒を買うのか?」

「そんなことはしないわ。ただ、カウンターのそばから離れないの。バーテンダーが気を揉んで、何時間もただ酒をふるまっていたのよ」

「プラインはいつ見つかったんだ?」

「暗くなる直前よ。雪合戦をしようとした子どもたちが、家から出てきてあの庭にいるプラインを見つけたの」

「何だ、これは？」何か重いものが彼の腕に掛けられた。

「何を持ってきたんだ？」

「あなたのオーヴァーコートよ。さあ、着て。出るわよ」

「いま？」

「今すぐよ。梯子を使って格子窓から出るの」

「それからどうする？」

「車よ、車を手に入れたわ」

「おい、言ったはずだ——」

「シーッ、さあ、今よ。立ち上がって」

彼女がエディに手を貸し、彼はゆっくりと慎重に立ち上がった。木箱や段ボールのビールケースにぶつかるのを怖れたのだ。彼は小声で言った。「マッチがいる」

「持ってるわ」レナがマッチを擦った。オレンジ色の光のなかで、二人は見つめ合った。エディはにっこりと微笑んだが、彼女は笑みを返さなかった。「それを着て」彼女はオーヴァーコートを指さした。


彼はオーヴァーコートを身につけ、レナのあとから地上の格子窓に固定された斜めの鉄梯子に近づいた。マッチが消え、彼女は次のマッチを擦った。梯子の下で足を止め、彼女はエディを振り返った。「梯子を上れる？」

「やってみよう」

「あなたならできるわ。あたしにつかまって」

レナが梯子に足をかけると、エディはすぐうしろにつづいてその腰に腕を回した。「もっとしっかりつかまって」彼女はまたマッチを擦った。「あたしの背中に頭をつけて——ぴったりとね。絶対に手を放しちゃだめよ」

二人は二、三段上った。一休みした。さらに二、三段上り、また休んだ。「調子はどう？」レナが訊いた。「おれはまだここにいる」エディは小声で答えた。

「しっかりつかまって」

「きつすぎるかい？」

「いいえ、もっときつく——こんなふうに」レナは自分の腰に彼の腕を巻き直した。「指をしっかり絡み合わせるのよ。あたしのお腹にぎゅっと押しつけて」

「ここか?」

「もっと下」

「これでどうだ?」

「いいわ、さあ、つかまって。しっかりとつかまってるのよ」

二人は梯子を上っていった。レナは、錆びついた梯子の脇に次々とマッチを擦りつけて火をつけた。あたりが炎に照らされ、レナの頭の上を見上げると格子窓の下の部分が目に入った。それははるか遠いものに思えた。

半分ほど上ったとき、エディが片足を踏み外した。もう一方の足も滑らせたが、必死でレナにしがみついて体勢を立て直した。二人はまた上りはじめた。

だが、それは上っているというようなものではなかった。レナを引きずり下ろしている、といったほうがよかった。それがおまえのしていることだ、彼は心のなかで言った。おまえは彼女を引きずり下ろそうとしている。おまえは彼女の背に括りつけられた重荷に過ぎず、しかもまだはじまったばかりだ。彼女がおまえといる時間が長くなればなるほど、事態は悪くなる。おまえにはわかっている。彼女が捕らえられ、共犯者のレッテルを貼られるのは目に見えている。そのうえ、車泥棒の罪も負わなくてはならない。いったい何年の罪になると思う? そうだな、少なくとも三年、ひょっとすると五年かもしれない。女にとって輝かしい未来だ。だが、おまえならそうなるまえに止めることができるかもしれない。彼女をこの窮地から救い出してもとの生活に戻すために、おまえにできることがあるかもしれない。

何ができる?

彼女と話し合うことはできない、それは確かだ。彼女はただ、黙っていろと言うだけだ。確かに、この女とは議論ができない。いわゆる石頭なのだ。彼女がひとたび心に決めたら、その決意を変えることはできない。

彼女から離れることができるか? 手を放して梯子から落ちることができるか? 音を聞きつけた警察がやって来る。彼女はそのまえに逃げるだろうか? 逃げないのはわかっている。きっと最後までおまえについてくるだろう。

彼女はそういう人間なのだ。滅多に出会えないタイプの人間だ。こんな人間に出会うのは、おそらく一生に一度だろう。いや、一生に二度だ。一度目を忘れることはできない。決して忘れはしない。今ここで起こっているのは、あのときと同じことだ。それが思い出のなかではなく、現実に起こっている。これは現実の出来事で、しかも彼女がそう仕向けているのだ。おまえはそれにしがみついている。手を放すことなどできるか？

「ちょっと待って――」ウェイトレスが言った。

やがて、格子窓の音が聞こえた。彼女がそれを持ち上げていた。大きな音を立てないように、少しずつそろそろと持ち上げていった。格子窓が上がると冷たい空気が一気に流れ込み、いっしょに入ってきた雪片が針のように顔を刺した。格子窓はすでに通り抜けられる高さになっていた。彼女はエディを連れたまま、身をよじらせながら隙間にもぐり込んだ。格子窓はレナの肩から背中に移り、エディがあとにつづいて窓を乗り越えようとするとその肩に載った。ウェイトレスは格子窓を持ち上げて押さえた。そして二人が舗道に出て膝をつくと、格子窓を閉めた。

〈ハット〉の側面の窓からこぼれる黄色い明かりが、まっ暗な通りをぼんやりと照らしていた。その光のなかに、風に巻かれて落ちてくる雪が浮かび上がった。それはもはや吹雪とはいえない、エディは思った。これはブリザードだ。

二人が立ち上がると、レナはエディの手首をつかんだ。彼らは〈ハット〉の壁ぎわを歩き、フラー通りを西へ向かった。横に目を走らせると、縁石に沿ってパトカーが駐まっていた。数えてみると五台あった。通りの反対側にもう二台駐まっている。ウェイトレスが言った。「あれはみんな空っぽよ。地下室から出るまえに確かめたわ」エディは言った。「もし、警官がひとりでも〈ハット〉から出てきたら――」ウェイトレスが口をはさんだ。「出てくるはずないわ。みんな、ただ酒を飲んでいるのよ」だが、エディには彼女に確信がないことがわかった。そう言いながら指をクロスさせていたのだ。

彼らは狭い通りを渡った。ブリザードが、氷でできた巨大なスウィング・ドアのように向かってきた。二人は頭を下げ、風に向かって進んだ。フラー通りをもう一ブロック歩き、狭い通りに出ると彼女が言った。「ここで曲がるのよ」

数台の車と古いトラックが駐められていた。ブロックの中程に、古ぼけた戦前のシヴォレーがあった。フェンダーがへこみ、塗装はかなり剝がれている。ツー・ドアのセダンだが、その姿は強情で疲れ切ったラバを思わせる。大したスポーツカーだ、彼は思った。いったいどうやってエンジンをかけるつもりだろう？　彼女はドアを開け、乗るように促した。

エディが助手席に身を沈めると、ウェイトレスは運転席に滑り込んだ。彼女はスターターを回した。エンジンがあえぎ、点火しようとして失敗した。もう一度スターターを回した。エンジンは苦しげな息をして頑張ったが、今にも点火しそうになったところで力尽きて事切れた。ウェイトレスは小声で悪態をついた。

「寒いからだ」エディは言った。

「今までこんなことはなかったのよ。すぐかかったのに」

「今はもっと寒いんだ」

「かけてみせるわ」

彼女はペダルを踏み込んだ。エンジンは必死で努力したが、もう少し、というところで諦めてしまった。

「むしろよかったのかもしれない」エディが言った。

彼女はエディを見つめた。「どういう意味？」

「仮に動いたとしても、遠くには行けないだろう。車の盗難届けが出されると、警察はすぐに動きだすんだ」

「この場合は別よ。朝まで通報されないわ。家主が目を覚まして窓の外を眺めるまでは。キーを持ち出すまえに、家主が眠っているのを確かめたもの」

そう言いながら、彼女はまたスターターを回した。エンジンがかかり、それを保とうとしてもがき、ほとんど止まりそうになり、やがて弱々しくアイドリングをはじめた。アクセルを踏むと、エンジンが応えた。彼女がブレーキを放してシフトレバーに手を伸ばしたとき、二筋のまばゆい光がフラー通りから差し込んできた。「伏せて！」ヘッドライトが近づくと彼女が言った。「頭を下げて――」

二人ともフロントガラスの下に屈み込んだ。エンジン音が近づき、すぐ横を通って離れていった。エディが頭を上げると、別の物音が聞こえた。それはウェイトレスの笑い声だった。

エディは怪訝な顔をしてウェイトレスを見つめた。彼女は心底おかしいというように笑っていた。

「諦める気はないらしいわ」

「警察か？」

「警察じゃなかったわ。あれはビュイックよ。淡いグリーンのビュイック。ちらっと見えたの――」

「確かか？」

彼女は頷き、まだ笑っていた。「二人の大使よ。モーリスっていう男と――もうひとりは何て名前だったかしら？」

「フェザーだ」

「ああ、フェザーね、小男のほう。そしてモーリス、おせっかい焼き。フェザー・アンド・モーリス。株式会社みたい」

「おかしいか？」

「おかしいどころじゃないわ。まだこの辺をうろついているなんて――」彼女はまた笑った。「きっと、このブロックを百回も回ったわよ。ブツブツ文句を言いながら、おたがいを責めているのが聞こえるようだわ。でなければ、仲違いしてひとこともしゃべらなくなっているかもね」

エディは思った、彼女が笑うことができてよかった。この事態を軽く受け止められることがわかってうれしい。だが、実はおまえが軽く受け止められないのだ。彼女が頭を上げたとき、ひょっとして彼らに気づかれたかもしれない。彼らは、彼女が思っているような間抜けではない。彼らがプロフェッショナルだということを、忘れてはならない。彼らがターリーを捕まえようとしていること、あるいは、おまえを見張ることでターリーを捕まえ、それによってクリフトンを捕まえ、それによって最後にはほしいものを手に入れる、といういわば段階的生産をしていることを忘れてはならない。それが何かわからないが、彼らのほしいものはサウス・ジャージーの森の奥の家にある。だが、おまえはそれを家と呼ぶが、彼らは別の呼び方をしている。隠れ家と呼んでいるのだ。

そう、まさにそうだ。それは隠れ家、郵便局にも登録されていない理想的な隠れ家だ。おまえは、九マイルも離れた小さな町の私書箱へ宛てて手紙を出していたじゃないか。ところで、ある具体的な形をしたパターンが見えてきたと思う。一種の円環を描いているのだ。たとえば、遠くへ行こうとしてある方向へ出かけたとする。ところが、どういうわけかぐるっと回って出発点に戻っている。そう定められているんだろう。おまえは今、市の指名手配リストの一番上に載っている。街を出なければならない。絶対に見つからないところへ逃げるんだ。それはサウス・ジャージーの森の奥だ。クリフトン＝ターリー連合の隠れ場所。ただし、今となってはクリフトン＝ターリー＝エディ、悪名高きリン兄弟の隠れ場所だ。

どうだ、これがそのパターンだ。音楽を例にとってもう少し説明しよう。これは軽い音楽ではないということだ。何も考えないでいられるような、当たり障りのない夢見心地の音楽ではない。この音楽はスズメバチの羽音だ。歴然としている。その音がどんどん大きくなっているのがおまえには聞こえるか？

それはシヴォレーのエンジン音だった。車が動いていた。エディのことばを待っているかのように、ウェイトレスがちらりと視線を送った。彼は口を堅く結び、フロントガラスから前方を見つめていた。車はフラー通りに近づいていた。

エディが静かに言った。「右折してくれ」

「それで？」

「橋がある。デラウェア・リヴァー・ブリッジだ」

「サウス・ジャージーね？」

エディは頷いた。「森だ」

14

ニュー・ジャージーに入ると、キャムデンの南二十マイルのところで、シヴォレーはサーヴィス・ステーションに乗り入れた。ウェイトレスはコートのポケットに手を入れ、ハリエットにもらった一週間分の給料を取り出した。ガソリンを満タンにするよう店員に指示し、不凍液を買い、さらにタイヤチェーンを買った。店員は彼女に目をやった。凍てつくような風と雪に身を曝してタイヤチェーンをつけるのは気が進まなかったのだ。「まったく、ドライヴをするにはひどい夜です」彼は言った。ウェイトレスはそのとおりだと答えたが、タイヤチェーンを売るにはもってこいの夜ね、と言い加えた。店員はもう一度彼女に目を走らせた。彼女はさっさと取りかかるように言った。彼がタイヤチェーンをつけているあいだに、ウェイトレスは手洗いに行った。戻ってくると、自動販売機でタバコを一パック買った。そして車に戻り、タバコをエディに渡して火をつけてやった。エディは礼を言わなかった。タバコを口にくわえているのも気づかない様子だった。ぴんと背筋を伸ばし、フロントガラスから前方を見つめている。

店員がタイヤチェーンの取り付けを終え、息を弾ませて車のウィンドウに近づいた。指を縮めて息を吐きかけている。震えながら足踏みをし、ウェイトレスによそよそしい視線を向けた。彼が他に用はないかと訊くと、ウェイトレスはワイパーを診てくれるよう頼んだ。ちゃんと動かないのよ、と彼女は言った。店員はまっ暗な空を見上げて大きなため息をついてから、ボンネットを開けて燃料ポンプやポンプとワイパーを結ぶケーブルを調べはじめた。彼はケーブルをつないで言った。「試してください」ウェイトレスがワイパーを試すと、かなり速く動くようになっていた。彼女が料金を払うと、店員はぶつぶつと言った。「ご用はこれですべてでしょうね？　何かお忘れかもしれませんからね」ウェイトレスはしばらく考えてから言った。「元気づけの飲み物がほしいんだけど」店員はまた足踏みをし、身震いして言った。「私もですよ」ウェイトレスは手のなかの札に目を落として呟いた。「分けてもらえないかしら？」彼は、あまり気が乗らない様子で首を振った。彼女は五ドル札を見せた。「あのう」店員は言った。「一パイントのボトルがあるんですが、お気に召さないかもしれません。自家製のコーン――」

「頂くわ」ウェイトレスが言った。店員は急いで店にとって返し、古新聞に包んだボトルを抱えて戻ってきた。店員はそれをウェイトレスに渡し、ウェイトレスはエディに渡した。彼女が金を払うと、店員はそれをポケットに入れてウィンドウのそばに立ち、ウェイトレスがエンジンをかけた。車を出し、彼の人生から完全に姿を消すのを待っていた。

「また来るわ」彼女はそう言い、窓を閉めてエンジンをかけた。

タイヤチェーンはかなり役に立ち、修理したワイパーも同様だった。ここまでは平均して時速二十マイルくらいしか出なかった。今はスリップしたり何かにぶつかったりする心配がなくなったので、アクセルを踏む足にも力が入った。時速は三十マイルになり、やがて三十五マイルに達した。車は四七号線を南へ向かっていた。南東の方角、太平洋から吹きつける風にシヴォレーは喧嘩腰で向かっていき、くたびれた古いエンジンは、遠吠えするブリザードに大声で不敵な口答えをしていた。ウェイトレスは、ハンドルに覆い被さるようにしてアクセルを踏みつづけた。スピードメーターの針が四十マイルを指した。

ウェイトレスはご機嫌だった。シヴォレーに話しかけた。「五十マイル出してみたくない？　さあ、五十マイル出るわよ」

「いや、無理だ」エディが口をはさんだ。彼はボトルから もうひとくち飲んだ。二人で何回か飲んだので、ボトルは三分の一ほど減っていた。

「きっと出るわ」ウェイトレスが言った。スピードメーターの針が四十五マイルを目指して上がっていった。

「やめろ、無理し過ぎだ」

「大丈夫よ。さあ、かわい子ちゃん、彼に見せてあげなさい。走るのよ。そう、走るのよ。この調子で頑張ったら記録を破る《ブレイク》わ」

「車軸を折る《ブレイク》のが関の山だ」エディは顔をこわばらせ、押し殺した声で言った。

ウェイトレスはエディに目を向けた。

「道路から目を離すな」彼の声はうわずった低い声だった。

「どうしたの？」ウェイトレスが訊いた。

「道路に目を向けてろ」今度はうなり声で言った。「道路を見てろと言ってるんだ」

彼女は何か言いかけて思い直し、ハイウェイに意識を集中した。アクセルを踏む力が緩み、スピードは三十五マイルまで落ちていった。スピードを三十五マイルに保つと、彼女はハンドルから片手を放し、手を広げてボトルに伸ばした。エディがボトルを渡した。彼女はひとくち飲んでからエディに返した。

エディはボトルに目をやり、自分がもうひとくち飲みたいかどうかを考えた。飲みたい、そう思った。彼は頭をそらして酒をあおった。

酒は喉を通ったが、ほとんど味がしなかった。喉を焼く感触も、はらわたに染み渡る感覚もなかった。どれくらいの量を飲み込んでいるのかわからず、かなり飲んでしまった。

ウェイトレスは酒を飲んでいるエディに目を走らせた。

「ちょっと――」

エディはボトルを口から離した。

「いま、どれくらい飲んだかわかってる？　きっとダブルで二杯分はあったわ。もしかすると三杯分ね」

彼はウェイトレスに目を向けなかった。「かまわないだろ？」

「ええ、かまわないわ。何であたしが気にしなくちゃいけないの？」

「飲むか？」彼はボトルを勧めた。

「もう充分よ」

彼はこわばった笑みを浮かべてボトルに目をやった。

「いいウィスキーだ」

「どうしてわかるの？　酒飲みじゃないのに」

「いいかい、これはとてもいいウィスキーだ」

「酔っぱらったの？」

「いいや、逆だ。だからこの酒が気に入ったんだ」彼はボトルを愛おしそうに撫でた。「酔いつぶれることもないし、現実に引き戻してくれる」

「どういう現実？」

「あとで話す」

「今話して」

「用意ができていない。料理と同じだ。用意ができないとテーブルに出せない。これも、もう少し料理する必要があるんだ」

「料理してるのね、わかったわ。その火酒を飲んでなさいよ。そして、その頭がぐちゃぐちゃになるまで料理すればいいわ」

「その心配は無用だ。おれは頭を操ることができる。きみはこの車を操って、おれを目的地に運んでくれればいい」

彼女はしばらく無言だったが、やがて口を開いた。「やっぱり飲もうかしら」

エディはウェイトレスにボトルを渡した。彼女は素早くひとくち飲み、急いで窓を開けてボトルを放り出した。

「何でそんなことをするんだ？」

彼女は答えなかった。アクセル・ペダルを思いきり踏み込み、スピードメーターが四十マイルまで上がった。二人のあいだに会話がなくなり、顔を見合わせることもなかった。やがてロータリーのところでウェイトレスがエディに問いかけるような視線を送ると、エディは道を教えた。また沈黙がつづき、しばらくすると交差点に近づいた。エディが左折を指示した。その狭い道を五マイルほど走ると、さらに狭い道の三叉路の手前で車はスピードを落とした。彼は、鋭角に曲がって森の奥へ向かう斜め左の道をとるように言った。

でこぼこ道だった。深いくぼみがあり、彼女はスピードを時速十五マイルに落とした。高い雪の吹きだまりが前輪を阻み、何度も立ち往生しそうになった。彼女はギアをセカンドからローに落とし、ガスの量を一定に保つためにハンド・スロットルを調整した。車は深いくぼみに嵌りこみ、苦労してそこから抜けだすと、次の高い雪の吹きだまりをかきわけるようにして進んだ。やがて右にそれる小道が現われ、エディはそこに入るよう指示した。

彼らは時速十マイルで進んだ。小道はひどい悪路だった。カーヴが多く、場所によっては路肩が雪に埋もれてほとんど見えない。ウェイトレスは、車が道を外れたり木にぶつかったりしないように必死でハンドルを握っていた。

車はのろのろと進んでいた。森の奥へ向かう曲がりくねった小道を、一時間以上も走りつづけていた。すると急に小道が途切れ、空き地に出た。そこはかなり広く、直径が七十五ヤードはありそうだった。ヘッドライトが雪原を照らし出し、空き地のまん中に古い木造の家が現れた。

「停まれ」エディが言った。

「まだ着いてないわ――」

「聞こえなかったのか?」彼は声を高めた。「停まれと言ったんだ」

シヴォレーはすでに空き地に入り、家に向かっていた。彼は手を伸ばし、サイドブレーキを引いた。車は家の三十ヤード手前で停まった。

エディはドア・ハンドルに手をかけた。ウェイトレスの声が聞こえた。「何してるの?」

エディは答えなかった。車を降りようとする彼を、ウェイトレスが引き戻した。「答えてよ――」

「お別れだ」彼はウェイトレスの顔を見ずに言った。「きみはフィラデルフィアに帰れ」

「こっちを向いて」

エディにはできなかった。彼は考えた、ウィスキーが少しは役に立ったが、充分じゃない。もう少し飲むべきだった。少しどころか、たくさん飲むべきだった。もしあのボトルを飲み干していたら、もっとうまくやれただろうが。

気がつくと、こう言っていた。「橋への行き方を教えよう。この小道を道なりに行って分かれ道に出たら――」

「道案内は必要ないわ。わかってるから」

「確かか?」

「ええ」彼女は言った。「大丈夫よ。ご心配なく」

彼はまた車を降りようとしたが、そうする自分を憎んだ。

早くしろ、と自分に言い聞かせた。早ければ早いほどいい。

だが、なかなか車から出られなかった。

「どうしたの？」ウェイトレスが静かに言った。「何をぐずぐずしてるの？」

エディは彼女に顔を向けた。何かが彼の目に焼きついた。

彼は心のなかで言った、いっしょにいてくれ。いっしょにいてほしいことはわかってるはずだ。だが、そう言ってみてもどうにもなるまい。

「送ってくれてありがとう」彼は車を降りてドアを閉めた。

エディは雪のなかに立ち尽くしていた。車は彼から離れてUターンをし、森のなかの小道へ向かっていった。

彼はゆっくりと空き地を横切っていった。暗闇に包まれ、家の輪郭はほとんど見えない。まるで何マイルも先にあるようで、たどり着くまえに倒れてしまいそうだった。深い雪をかきわける足取りは重かった。雪はまだ降りつづいている。風がからだを貫き、顔を突き刺し、胸に食い込んだ。雪のなかにしゃがみ込んで少し休むべきだろうか、そう思ったとき、懐中電灯の光が彼の目を射た。

光のもとは家の前にあった。声が聞こえた。「おい、動くな。そこを動くな」

クリフトンだ、エディは思った。そう、あれはクリフトンだ。あの声はわかっている。銃を持っているのはまちがいない。充分注意してかかったほうがいい。

エディは動きを止めた。両手を頭の上に挙げたが、懐中電灯の光がまぶしくて顔を背けずにいられなかった。彼は思った、顔がわかるほどよく見えているだろうか。

「おれだ」彼は声をかけた。「エディだ」

「エディ？　どのエディだ？」

エディは懐中電灯に顔を曝し、まぶしい光に向かって目を見開いた。

「よし、そっちへ行く――」

「やあ、クリフトン」

「何てことだ」兄が言った。たがいの顔が見えるように、懐中電灯を構えて近づいてきた。クリフトンは上背があり、とても痩せている。黒い髪とブルーの目をし、傷痕を別にすればかなりハンサムだった。顔の右側にいくつも傷痕がある。そのうちのひとつは大きなくっきりとした傷痕で、目の下から顎にかけて斜めに走っていた。真珠貝のボタンのついた、クリーム色のキャメル・ヘアのオーヴァーコートを着ている。その下はフランネルのパジャマだ。パジャマのズボンが、膝まであるゴムの長靴にたくし込まれていた。クリフトンは左手に懐中電灯を持ち、右手で銃身を切りつめたショットガンを抱えていた。

クリフトンはエディの前で足を止め、懐中電灯で空き地を照らしてから森へつづく小道に光を向けた。「おまえひとりだろうな？　車があったが」

「もう行ってしまった」

「誰なんだ？」

「友達だ。ただの友達だ」

クリフトンはまだ懐中電灯で空き地を照らしていた。目を細め、森との境界線あたりに気を配っている。「つけられていなければいいが。おれとターリーを捜しているやつらがいるんでな。ターリーから聞いただろう。昨夜会ったそうだな」

「ターリーは今ここにいるのか？　いつ戻った？」

「今日の午後だ」そう言うと、クリフトンはくすくす笑った。「まったく、ひどい有様だったぜ。半分凍って、半分死んでた。車を二、三台乗り継いで、あとは歩いてきたそうだ」

「あの森を抜けて？　あの吹雪のなかを？」

クリフトンはまたくすくす笑った。「ターリーを知ってるだろ」

「もう大丈夫なのか？」

「ああ、元気だ。自分で飯を作って、ウィスキーを一パイント空けてからベッドに入った」

エディは微かに眉をひそめた。「どうして自分で飯を作ったんだ？　母さんはどこへ行った？」

「出ていった」

「出ていったって、どういうことだ？」

「親父といっしょにな」クリフトンは肩をすくめた。「二、三週間まえのことだ。身の回りの物だけまとめて出ていった」

「どこへ行ったんだ？」

「知るもんか」クリフトンは言った。「手紙も来ない」彼はまた肩をすくめた。「なあ、ここにいたら凍えそうだ。家に入ろう」

二人は雪の上を歩いて家に入った。台所に入ると、クリフトンはコーヒー・ポットをコンロにかけた。エディはオーヴァーコートを脱いで椅子に置き、別の椅子をテーブルに引き寄せて腰を下ろした。椅子は脚が弱く、繋ぎ目が緩んでいて体重をかけるとぐらぐらした。彼は、割れた台所の床板や欠けてひびの入った壁の漆喰に目をやった。

台所には流しがなかった。明かりは石油ランプのものだった。エディは、クリフトンが旧式のコンロの薪にマッチで火をつけるのを眺めていた。ここにはガスもひかれていない、彼はそう思った。家のなかには水道管も電線もなかった。この家と外界を結ぶものは何もない。それがこの家を安全なものにしている。そう、ここは隠れ家だった。

コンロに火がつくと、クリフトンがテーブルにやって来て腰を下ろした。タバコのパックを取り出し、慣れた手つきでそれをはじくとタバコが二本飛び出した。エディは一本を取った。二人はしばらく無言でタバコを吸っていた。だがクリフトンはエディに問いかけるような目を向け、彼がここに来たわけを話すのを待っていた。

エディはまだ話す気になれなかった。当分のあいだ、少なくとも今しばらくは忘れていたかった。彼はタバコを深々と吸い込んだ。「母さんと父さんのことを話してくれ。何で出ていったんだ？」

「おれに訊くな」

「兄さんが知っているから訊いているんだ。二人が出ていったとき、ここにいたんだからな」

クリフトンは椅子の背に寄りかかり、無言でタバコを吹かしていた。

「兄さんが二人を追い出したんだな」エディが言った。

兄は頷いた。

「二人をドアの外へ放り出したのか？」エディは指を鳴らした。「こんなふうに」

「ちょっとちがう」クリフトンが言った。「金をいくらか渡した」

「なるほど。それはよかった。まったく、ご親切なことだ」

クリフトンは微かに笑みを浮かべた。「おれが好きこのんでやったと思うか？」

「問題は――」

「なぜ？」

「問題は、そうしなければならなかったということだ」

「二人が好きだからだ」クリフトンは言った。「彼らはおとなしくて人のいい連中だ。ここはおとなしくて人のいい連中のいるところじゃない」

エディはタバコを一服した。

「もうひとつある」クリフトンはつづけた。「二人は銃が使えない」彼は腰をずらして脚を組んだ。「たとえ使えたとしても、大して役に立たない。彼らはもう歳だ、こんな騒ぎには耐えられないだろう」

エディは、床の上で黒く光る銃身を切りつめたショットガンに目をやった。それはクリフトンの足元にあった。クリフトンの頭上にある棚を見上げた。そこには同じような銃一挺と小振りの銃二、三挺、そして弾薬があった。

「きっとここで撃ち合いになる。そんなことになってほしくはないが、たぶんそうなると思う」

エディはまだ棚の上の銃と弾薬を見つめていた。

「遅かれ早かれ」クリフトンが言った。「遅かれ早かれ客を迎えることになる」

「ビュイックに乗ったやつらか？」エディがぼそっと言った。「淡いグリーンのビュイックか？」

クリフトンは怯んだ。

「やつらは近くにいる」エディが言った。

クリフトンはテーブル越しに手を伸ばし、エディの手首をつかんだ。それは喧嘩腰の態度ではなかった。クリフトンは、何かにつかまらずにはいられなかったのだ。

クリフトンはエディの言うことを頭に叩き込もうと、まるでその顔にピントを合わせようとでもするかのように激しく目をしばたたいた。

「誰が近くにいるって？　誰のことを言ってるんだ？」

「フェザーとモーリスだ」

クリフトンはエディの手首を放した。沈黙が一分近くつづいた。クリフトンはタバコの煙を吸い込み、それを一気に吐き出した。「あのターリーのやつ、どうしようもない間抜け野郎だ」

「ターリーのせいじゃない」

「黙ってろ。ターリーの肩を持つな。あいつは昔からうすのろだった。何をやらせても、失敗しなかったことは一度もない」

「彼は窮地に立っていた――」

「やつはいつだって窮地に立っているんだ。なぜだかわかるか？　まともなやり方ができないからだ」クリフトンはまたタバコを吸った。「やつが尾行されただけじゃ済まない。やつがへまをしたから、おまえまで引きずり込むことになったんだ」

エディは肩をすくめた。「どうしようもなかったんだ。そういう成り行きだった」

「説明してくれ」クリフトンは言った。「何でやつらがおまえのところへ行ったんだ？　何でここへ来たんだ？　そのところを話してくれ」

エディはかいつまんで話した。

「そういうわけだ」エディは話を結んだ。「おれはここへ来るしかなかった。他に行くところはない」

クリフトンは目をそらし、ゆっくりと首を振っていた。

「どうする？」エディが訊いた。「ここにいてもいいのか？」

兄は深く息をついた。「ちくしょう」独り言を言った。

「何てことだ！」

「ああ、兄さんの言いたいことはわかってる。おれに、ここにいてほしいんだ」

「リューマチみたいにな。おまえはお尋ね者だ。フィラデルフィア市警察に指名手配され、ペンシルベニア州警察に指名手配されている。次にやつらがするのは、ワシントンに連絡することだ。おまえは州境を越えた。つまり、ＦＢＩの仕事になる」

「出ていったほうがいいのかも――」

「いや、その必要はない」クリフトンが遮った。「ここにいろ。そのほうがいい。FBIに追われているとすれば、動くことはできない。やつらはずるがしこいんだ。おまえが少しでも動いたら、ピンセットのようにつまみ上げるだろう」

「結構な話だ」エディは呟いた。自分自身のことは考えていなかった。クリフトンやターリーのことも考えていなかった。考えているのはウェイトレスのことだけだった。無事にフィラデルフィアに帰り着き、盗んだ車を駐車場に戻すことができるだろうか？　そうすれば、彼女は大丈夫だ。警察に煩わされることもない。警察が彼女を尋問する理由は何もないのだ。心のなかで大丈夫だと繰り返したが、エディはまだ彼女のことを考え、何かトラブルに巻き込まれないだろうかと心配していた。頼む、そうならないようにしてくれ、エディは彼女に語りかけた。どうかトラブルに巻き込まれないようにしてくれ。

気がつくと、クリフトンが話していた。「――よりによって、素晴らしいタイミングでやって来たものだ」

エディは目を上げた。肩をすくめただけで何も言わなかった。

「とんでもない状況だ」クリフトンが言った。「一方では、おれとターリーがある連中に追われている。もう一方では、おまえが警察に追われている」

エディはまた肩をすくめた。「ああ、だが何といっても我が家はいい」

「そうだな」クリフトンは苦笑した。「お祝いをしなくちゃ」

「いい機会だな、よし」

「こいつは災難だ、まさにそうだ。それは――」口から出かかったことばを、クリフトンは押しやった。彼はにんまりし、テーブル越しに手を伸ばしてエディの肩を叩いた。

「なあ、また会えてうれしい」

「おれもだ」

「コーヒーが沸いてる」クリフトンは立ち上がり、コンロのところへ行った。なみなみと注いだカップを持って戻り、テーブルに置いた。「食事は？　何か食うか？」

「いや」エディは言った。「腹は減ってない」

二人はその場に坐ってブラックコーヒーを啜った。クリフトンが言った。「女のことをあまり話してないが。もっと聞かせろよ」

「どの女だ？」

「おまえを送ってきた女だ。ウェイトレスだと言ったが――」

「ああ。おれが働いていた店にいたんだ。それで知り合った」

クリフトンは身をのりだし、話のつづきを待ちかまえた。沈黙がつづいた。二人はコーヒーを啜りつづけた。やがてクリフトンが何か話しかけたが、エディにははっきり聞き取れなかった。ウェイトレスのことに気を取られて上の空だったのだ。彼はクリフトンを真正面から見つめ、そのことばをひとことも聞き漏らすまいとしているかのように見える。だが、心のなかではウェイトレスといっしょにいた。彼女といっしょにどこかへ向かって歩いていた。やがて二人は立ち止まり、彼はウェイトレスを見つめて立ち去るように言った。ウェイトレスが歩きだした。彼はあとを追い、ウェイトレスが何の用かと訊いた。彼は自分から離れてくれと言った。ウェイトレスが歩み去ると、彼は急いで走りだして彼女に追いついた。そしてまた立ち去るように言った、そばにいてほしくないのだと。彼はその場に立って彼女が離れていくのを見つめていたが、こらえきれなくなって追いかけた。彼女は辛抱強く、どうしたらいいか決めてくれと頼んだ。彼はどうか行ってくれと答えた。

こうしている間にクリフトンは、ここ二、三年の出来事からターリーがフィラデルフィアのドック通りを訪ねたいきさつまでを話して聞かせた。ターリーは、かつて港湾労働者として働いていた波止場に渡りをつけようとしていたのだ。彼が探していたのはクリフトンと自分が乗る船だった。二人は追っ手から逃れるために、船で大陸を出なければならなかった。

二人を追っているのは、ある無認可会社の社員だった。それは東海岸を舞台に活動する大きな会社で、ヨーロッパから密輸された香水やカナダからの毛皮などの輸入禁止品を扱っていた。この会社に雇われたクリフトンとターリーは、ビジネスの肉体的な面を受け持つ部署に配属されていた。つまり、強奪や強請《ゆすり》、ときには競争相手を排除するために必要な活動を行なう部署だ。

十四カ月ほどまえのことだ、とクリフトンは話をつづけた。彼は、自分たちが努力に見合うだけの報酬をもらっていないと思った。そのことを会社のある幹部に話したが、文句をつけられるいわれはないし、訴えを聞いている暇もないと突っぱねられた。さらに、クリフトンが将来本部入りする見込みはないということも言い渡された。

そのころ、会社の本部はジョージア州サバナにあった。幹部と港湾当局者のあいだに温情があるかないかによって、本部は港から港へとしばしば場所を移していたのだ。このときはサバナで調査が行なわれ、幹部がボストンへの移転を準備しているところだった。調査が急速に進んでいるので移転も急がなければならず、当然ながら混乱が起こった。この混乱のまっ最中に、クリフトンとターリーは会社を辞めた。会社を辞めるとき、二人はあるものを持ち出した。

二十万ドルを持ち出したのだ。

二人は、それを本部が置かれている倉庫の金庫から持ち出した。深夜のことだった。何気ない様子で入っていった二人は、ピノクルをしている三人の従業員としばらくおしゃべりをした。二人が銃を出すと、カード遊びをしていたひとりが自分の銃に手を伸ばした。ターリーは男の股間を蹴り上げ、息の根を止めることができるほど堅い銃床をその頭に叩きつけた。残る二人がフェリーとモーリスだ。ターリーがもう一度銃床を使おうと銃を上げると、モーリスが冷や汗をかいている間にフェザーが早口で話を持ちかけてきた。

二人より四人のほうがいい、フェリーはそう切りだした。四人そろって辞めれば、会社は深刻な事態になる。四人を追跡するのは二人を追跡するよりずっと難しい、そこを強調した。それに、とフェザーは言った。彼もモーリスも会社の待遇に不満を持っているので、このチャンスに辞められたらありがたい。フェザーはしゃべりつづけ、そのあいだにクリフトンが考えを巡らし、ターリーはアセチレントーチを使って金庫を開けようとした。やがてクリフトンは、フェザーの言うこともっともだと思いはじめた。たんに殺されまいとして必死になっているのではない。おまけにフェザーはちょっとした頭脳の持ち主だ、これから先はかなりの脳みそが必要になる、ターリーが持っているよりははるかに多くの脳みそが。それにもうひとつ、とクリフトンは理由づけた。銃を扱える者が必要になるかもしれないが、それはモーリスの得意分野だ。モーリスが三八口径からトンプソンまで、どんな銃でも扱えることはわかっていた。

クリフトンとターリーは金をスーツケースに詰め終えると、フェザーとモーリスを連れて倉庫を出た。

ジョージア州からニュー・ジャージー州へ向かう道路を、彼らはかなりのスピードで走った。ヴァージニア州で会社の人間に発見されてカー・チェイスと銃撃戦になったが、モーリスが自分の価値を証明した。相手の車は前輪がパンクして立ち往生し、その後メリーランドの間道でも別のグループがモーリスに追跡を阻まれた。彼は後部の窓から身をのりだして七十ヤード後方の車を狙い、弾はフロントガラスを貫通してドライヴァの顔面に撃ち込まれたのだ。会社からの追跡もそこまでだった。その夜、彼らはサウス・ジャージーへつづく橋を渡り、フェザーは鮮やかなハンドル捌きで車を走らせていた。クリフトンが曲がる場所を指示すると、フェザーはそのたびにどこへ行くのかと訊いた。モーリスも行き先を訊いた。クリフトンは、しばらく身を潜めていられる場所へ行くのだと答えた。フェザーは、その場所が本当に安全かどうかを知りたがった。クリフトンは大丈夫だと請け合い、その場所のことを話して聞かせた。いちばん近い町からも離れているということや、深い森の奥にあって突き止めるのが難しいということをだ。それでもフェザーは質問をやめなかった。やがてクリフトンは質問が多すぎると思い、車を停めるように命じた。フェザーはクリフトンに目をやってから、ターリーといっしょに後部座席に坐っているモーリスに目配せした。モーリスが銃に手を伸ばすと、ターリーがすかさずその顎に一発ぶち込んで気絶させた。フェザーは車を降りようとしていたが、クリフトンが捕まえて押さえ込んだところで、ターリーが耳の真下を殴りつけた。やがて、車は意識のないフェザーとモーリスを道路に残して走り去った。

「――Uターンして轢き殺しておけばよかった」クリフトンが言った。「生かしておいたらどんなことになるか、わかってたはずなのに。あの分だと、おれたちを出し抜くつもりだったにちがいない。あのフェザーの口のうまいこと。会社への報告も考えてあったんだろう。たぶん、力ずくで脅されたのでついていくしかなかった、とでも言ったんだろう。そうすれば、また雇ってもらえる。すぐに全面的に受け入れてもらうわけにはいかないだろうがな。まずは、おれとターリーを見つけることだ。試用期間というわけだ。もう一度完全復帰するためには成果を上げなきゃならないことぐらい、やつらにもわかってる」

クリフトンは次のタバコに火をつけた。そして話をつづけた。ターリーの無分別な行動、彼をフィラデルフィアへ行かせてしまった自分自身の過ち、そのことを話した。

「――やつがへまをするんじゃないかという不安はあった」クリフトンは言った。「だが、やつは気をつけると誓ったんだ。ドック通りにコネがあるという話をしてた。船長の知り合いが大勢いるので、手配するのは簡単だと言ってた。あんまり何度も売り込むんで、ついに話に乗ったんだ。フィラデルフィア行きのバスに乗れるように、車でベルヴィルまで送ってやった。あいつをひとりで行かせたことについては、おれは頭を検査してもらわなくちゃならないな」

エディは半ば目を閉じてじっと坐っていた。相変わらずウェイトレスのことを考えていた。考えるのをやめろ、そう自分に言い聞かせたが、やめられなかった。

「――こうなっては船に乗るどころじゃない」クリフトンは言った。「ただブラブラしながら、いつ、何が起こるのかを考えているだけだ。ときにはウサギ狩りに行くこともあるが。そういう日はましなほうだ。おれたちはウサギより悪い。少なくともウサギは逃げることができる。それにガン、野生のガンだ。ちくしょう、ガンがどれほどうらやましいことか。なあ、身動きがとれないということは本当に恐ろしいことだ。それが重荷になってくる。朝になっても起きる気になれない、行くところがないんだからな。おれとターリーは、そのことでよく冗談を言ったものだ。実際、笑えたよ。二十万ドルの現金があるのに、それを使うこともそれで楽しむこともできない。女を買うことすらできないんだぜ。時々、女がほしくてたまらない夜がある——

こんなのは生きているとはいえない、本当だ。毎日毎日、同じことの繰り返しだ。例外は週に一度、食料を買いにベルヴィルまで九マイルのドライヴをするだけだ。そのたびに、ズボンにちびりそうになる。バックミラーに車が映ると、あれは会社の車じゃないか、見つかったんじゃないか、今にもつかまるんじゃないか、そいつで頭がいっぱいだ。ベルヴィルにいるときは冷静なふりをしているが、はっきり言って気が気じゃない。もし誰かが二度おれの顔に目を向けたら、すぐに銃を抜けるようにしている。なあ、これじゃまるで——」

クリフトンが席を立った。銃の並んでいる棚に近寄り、三八口径のレヴォルヴァを選び出した。銃を調べ、弾薬の箱を開け、装塡してエディに渡した。「おまえも持っていたほうがいい」クリフトンが言った。「つねに持ち歩くんだ。決して手放すんじゃないぞ」

エディは手のなかの銃を見つめた。何の感情も湧かなかった。彼は銃をオーヴァーコートの下に滑らせ、上着のサイドポケットに入れた。

「そいつを出してみろ」クリフトンが言った。

「銃のことか?」

クリフトンは頷いた。「そいつをポケットから出してみろ。出すところを見せてみろ」

エディは、のろのろと気のない態度でオーヴァーコートの下に手を入れた。そして銃をつかみ出すと、クリフトンに見せた。

「もう一度やってみろ」クリフトンは笑みを浮かべて言った。「ポケットに戻してから取り出してみろ」

エディは同じことをした。銃は重く、エディの動きはぎこちなかった。クリフトンは穏やかに笑っていた。

「いいか」クリフトンが言った。「見ていろ」

クリフトンはコンロのほうへ歩いていった。両手は脇につけたままだ。コンロの前に立つと、右手をコーヒー・ポットに伸ばした。彼の指がコーヒー・ポットの把手に触れたかと思うとキャメル・ヘアのコートの黄褐色の袖がカラメル色に閃き、それとほとんど同時に右手でつかんだ銃を構えたときにはその指がトリガーにかかっていた。

「わかったか？」クリフトンが低い声で言った。

「練習が必要だな」

「毎日だ。おれたちは、少なくとも日に一時間は練習する」

「実際に撃つのか？」

「森のなかでな」クリフトンは言った。「動くものなら何でも撃つ。イタチ、野ネズミ、ハツカネズミまでもだ。もし何も現われなかったら、他の標的を使う。ターリーが石を投げたら、おれが銃を抜いて撃つ。ブリキ缶のときもある。ブリキ缶のときは標的までの距離を長くする。遠い的の練習をたくさんするんだ」

「ターリーもそこそこうまいのか？」

「やつはひどいもんだ。呑み込みが悪い」

エディは手のなかの銃に目を落とした。それが少し軽くなったような気がした。

「おまえは呑み込みがいいといいがな。どう思う？」

エディは銃を持ち上げた。ビルマを思い出していた。

「いいと思う。昔、やったことがある」

「そうだ、忘れてた。そいつをすっかり忘れてた。メダルをもらったんだったな。日本人を大勢撃ち殺したか？」

「少しは」

「何人くらい？」

「いや、たいていは銃剣を使ったんだ。狙撃手が相手でなければな。狙撃手を相手にするときは、四五口径が気に入ってた」

「四五口径がほしいのか？　ここに二挺あるが」

「いや、これでいい」

「そのほうがいい。賞をもらうためじゃないんだからな」

「すぐに来るだろうか？」

「何とも言えないな。ひと月先かもしれない。一年先かもしれない。あるいは、明日かもしれない。誰にわかるもんか」

「来ないかもしれない」エディは言った。

「来るに決まってる。そういうことになっているんだ」

「ひょっとして、兄さんがまちがっているかもしれないだろ。ここを見つけるのは容易なことじゃない」

「やつらは見つけるさ」クリフトンは呟いた。彼は窓を見つめていた。シェードは下りていた。クリフトンはテーブルに屈み込んでシェードをほんの少し持ち上げ、窓の外を覗いた。そしてシェードを上げたまま、しばらく外を眺めていた。エディはクリフトンの視線の方向へ顔を向けた。そこにあるのは雪に覆われた空き地、森の木々の白さ、そしてまっ黒な空、それだけだった。台所から漏れる明かりが、薪小屋と屋外トイレと車を照らしだしていた。車はグレイのパッカードのセダンで、高そうに見えた。雪を被ったボンネットの下に、ぴかぴかに光るクロムのラジエーター・グリルが見える。いい車だ、エディは思った。だが、何の値打ちもない。装甲車ではないのだから。


クリフトンがシェードを下ろしてテーブルから離れた。

「本当に腹は減ってないのか？　何か用意してやってもいいが——」

「いや」エディは答えた。彼の胃袋は空っぽだったが、何も食べられないことはわかっていた。「へとへとなんだ。少し眠りたい」

クリフトンが銃身を切り詰めたショットガンを取り上げて腋にはさみ、二人は台所から出た。居間には別のケロシン・ランプが置かれ、それには灯が入っていた。ゆらめくほの暗い光が、ギザギザのカーペットと中身の飛び出した古いソファ、それよりさらに古く、腰を下ろしたらへこみそうな二脚のアームチェアを照らし出していた。

そこにはピアノもあった。

あのピアノだ、エディはそう思い、ぼんやりした黄色い光のなかでどこか幽霊のように見えるひびの入ったアップライト・ピアノに目を向けた。使い古した鍵盤はボロボロになって歪んだ歯のようで、象牙がところどころ欠けている。彼はクリフトンが見つめているのも気づかず、立ったままピアノを眺めていた。エディは鍵盤に近づいて手を伸ばした。すると、何かが彼の腕を引き戻した。彼は手をオーヴァーコートの下に差し入れ、上着のポケットに突っ込んで銃の重みを確かめた。

だから何だ？　エディは、自分に問いかけた。結局はこうなるのだ。彼らはおまえからピアノを取り上げ、銃を渡した。おまえはピアノを弾きたかったが、これからは用がなさそうだ、決別したのだ。これからおまえに用があるのは、これ——銃だ。

彼はポケットから三八口径を取り出した。今度は楽々とスムーズに取り出せた。彼は手際よく銃を構えた。

「うまいぞ、コツをつかんだようだな」クリフトンが言った。

「こいつはおれが気に入ったらしい」

「そう、気に入ったんだ。これからは、そいつがおまえの親友だからな」

手のなかの銃はがっしりとして心強かった。彼は銃を撫で回した。そして、それをポケットに戻し、クリフトンのあとについて壊れそうな階段へ向かった。クリフトンがケロシン・ランプを持って二人が上りはじめると、緩んだ踏み板が軋んだ。階段の上でクリフトンが振り返り、エディにランプを渡して言った。「ターリーを起こそうか？　おまえが来たことを知らせようか？」

「いや」エディは言った。「寝かせておいてくれ。ターリーには睡眠が必要だ」

「わかった」クリフトンは廊下の先を示した。「裏の部屋を使うといい。ベッドの用意はできてる」

「あのベッドか？」エディは呟いた。「スプリングが壊れているやつ」

クリフトンはエディのうしろに目をやった。「物覚えのいいやつだ」

「当然だろ。おれはあの部屋で生まれたんだ」

クリフトンはゆっくりと頷いた。「おまえはあの部屋を十二、三年ものあいだ使っていた」

「十四年だ」エディが言った。「カーティスへ連れていかれたのは十四歳のときだ」

「カーティス?」

「学校だ。カーティス音楽学校」

クリフトンはエディを見つめ、何か言いかけてやめた。

エディはクリフトンの顔を見てにやりとした。「パチンコのことを覚えてるか?」

「パチンコ?」

「それに、リムジンのことも。彼らはリムジンでおれを連れにきた。カーティスから来た連中だ。森のなかで、兄さんとターリーがパチンコで車に石をぶつけてきた。連中は二人が誰だか知らなかったんだ。女のひとりがおれに言った。『あれは誰?』おれは答えた。『男の子ですよ、奥さん。二人の男の子です』彼女は言った。『あれは男の子じゃないわ。野生動物よ』」

「で、おまえは何て言ったんだ?」

「おれは言った。『あれは僕の兄さんたちです、奥さん』すると、むろん彼女はごまかそうとして、学校のことやそこがどんなに素晴らしいところかということを話しだした。だが、車には次々と石がぶつけられた。まるで、兄さんたちがおれに話しかけているようだった。本当に出ていくことはできない、時間の問題だ、と。いつか、きっとここに戻ってくる、と」

「野生動物と暮らすためにな」クリフトンは微かな笑みを浮かべて言った。

「兄さんにははじめからわかっていたのか?」

クリフトンはおもむろに頷いた。「おまえは帰ってこなければならなかったんだ。おまえも同類なんだ、エディ。おれやターリーとな。同じ血が流れているんだ」

そういえばそうだ、エディは思った。確かにこれではっきりした。何か訊きたいことがあるか? そうだな、ひとつある。凶暴性のことだ。おれたちはそれをどこから受け継いだんだ? 父さんや母さんから受け継いだのではない。それは彼らを飛び越えてきたんだろう。ときにはそういうこともある。おそらく百年か二百年、ことによると三百年の時を飛び越え、ふたたび現われたのだ。過去を調べてみれば、リンかウェブスターを名乗る者のなかに、問題を起こしたり、乱暴を働いたり、おれたちが今こうしているように身を隠したりしていた者がいるだろう。もし望むなら、そのことをバラードにしてもいい。気晴らしのために、ほんの気晴らしにな。

エディは静かに笑いながらクリフトンのそばを通り抜け、奥の部屋に向かって廊下を歩いていった。やがて服を脱ぎ、窓際に立って外を眺めた。雪はやんでいた。窓を開けると風が流れ込んだが、もはや強風ではなかった。むしろ、ゆっくりとした流れのようだ。だが、それでも身を切るように冷たい。冷たいのはありがたい、彼は思った。よく眠れる。

たわんだベッドに上がると、すり切れたシーツとぼろぼろのキルトのあいだに滑り込み、枕の下に銃を置いた。そして目を閉じて眠ろうとしたが、何かが頭の片隅に引っかかっている。またはじまった、彼はウェイトレスのことを考えていた。

行ってくれ、エディは彼女に言った。眠らせてくれ。それはトンネルのようだった。彼女は暗闇のなかに去っていき、彼はあとを追った。トンネルには終わりがなく、エディは彼女に立ち去るように言いつづけていた。やがて遠ざかる足音が聞こえると追いかけていき、また立ち去るように言った。彼女の目が話しかけてきた、考えを決めてよ。彼は言った、どうしてそんなことができる？　これは頭で考えるのとはちがう。考えることとは無関係なんだ。

頼むから眠ってくれ、エディは自分に言い聞かせた。だが、無駄なことはわかっていた。目を開けて起き上がった。部屋はとても寒かったが、エディは感じなかった。数時間が過ぎたが、彼は気づかなかった。窓の外が灰色になり、それがしだいに明るさを増し、ついに淡い朝の光が射しはじめても気づかなかった。

九時を少し回ったころ、兄たちが部屋へ入るとエディは坐ったまま窓を見つめていた。しばらく二人と話をしたが、何を話しているのかよくわからなかった。二人の声はくぐもって聞こえ、半開きの目に映る二人の姿はまるでカーテンの向こうにいるようだった。ターリーが一パイント・ボトルを渡してひとくち勧め、彼は従ったものの中身が何だかわからなかった。

「起きる気になったか？」ターリーが

言い、エディがベッドから下りようとするとクリフトンが言った。「まだ早い。みんな、もう一眠りしよう」ターリーは同意し、一日中眠るのは気持ちがいいだろう、と言った。二人が部屋を出ると、エディはベッドの端に腰を下ろして窓に目をやった。こんなに疲れているのに、どうして目を開けていられるのか不思議だった。やがて頭を枕に乗せて眠ろうと努めたが、目は開いたまま、思考はウェイトレスを求めて手を差し伸べていた。

十一時ごろやっと眠りについた。一時間後に目を開け、窓に目をやった。真昼の日光が雪に反射して射し込み、まぶしさに瞬きをした。エディはベッドから出て窓に近寄り、立ったまま外を眺めた。窓の外は晴れ上がり、雪がクリーム色に輝いていた。空き地の向こうでは木々が氷に飾られ、まるで宝石をちりばめたアクセサリーのように光っている。とても美しい、エディは思った。冬の森はとても美しい。

何か動くものがあった。森のなかを、空き地に向かって歩いてくるものがあった。それはゆっくりとためらいながら、いくぶん人目を避けるようにしてやって来た。それが木々の横をゆっくりと進んで空き地に近づいたとき、一条の陽光がその姿を捕らえ、その顔をはっきりと照らし出した。エディは頭を振って目をこすった。もう一度目をやったが、まだそこにいる。幻ではない、彼は思った。希望的観測でもない。あれは現実だ。おまえにはそれが見える、そしてそれが現実だということもわかっている。

あそこへ行け、彼は自分に言い聞かせた。早くあそこへ行って彼女に帰れと言え。彼女をこの家に近づけてはいけない。なぜなら、ここは家ではないからだ。ここは追い詰められた獣のねぐらに過ぎない。迷い込んだが最後、彼女は二度と出られない。彼らが許さないだろう。彼らは彼女を脅し、安全のためと言ってここから出さないだろう。彼らはもう彼女を見つけたかもしれない。銃を持っていったほうがいい。おまえにとっては愛する兄弟だが、おれとおまえでは考えがちがう。銃は必ず持っていったほうがいい。

エディはすでに服を身につけ、枕の下から銃を取り出して上着のポケットに入れ、オーヴァーコートに腕を通しながら部屋を出た。静かに、だが急いで廊下を歩き、階段を下りて裏口から外へ出た。雪は深く、エディはそれをかき分けながら、ウェイトレスに向かって空き地を駆け足で突っ切った。

15

彼女は木にもたれてエディを待っていた。エディが近寄ると、彼女が言った。「用意はいい？」

「何の？」

「出掛けるのよ」彼女は言った。「あなたをフィラデルフィアへ連れて帰るわ」

エディは眉をひそめ、疑問を振り払おうと瞬きをした。

「容疑が晴れたの。もう終わったのよ。あれは事故だと見なされたわ」

眉間のしわが深くなった。「きみは何を伝えにきたんだ？」

「メッセージよ。ハリエットからの。〈ハット〉にいた野次馬、つまり常連客からの。みんないいやつだわ」

「おれを支持してくれたのか？」

「誰なんだ？　誰が買って出た？」

「全員よ」

彼は深い息をついた。吸う息が震えていた。喉が詰まってものが言えなかった。

「三人で充分だと考えたの」ウェイトレスは言った。「三人以上だと、何かインチキ臭いでしょ。つじつまを合わせなきゃならなかったから。どうしたかっていうと、前科持ちを三人選んだの。正確に言うと、賭博の罪よ。三人はクラップス賭博で知られてるの」

「何でばくち打ちなんだ？」

「本当らしく見せるためよ。まず、なぜすぐに届けなかったか説明しなくちゃならないでしょ。ばくちで捕まるのがいやだったから、という理由があるわ。もうひとつは、彼らが二階の裏の部屋にいたことにするためよ。警察にそこで何をしていたかを訊かれたら、完璧な答えが用意されてるの。ダイスを使ってちょっとした内輪の集まりをしていた、って」

「彼らと打ち合わせをしたのか？」

「全面的にね」

「警察は？」

「受け入れたわ」

「何を受け入れたんだ？　伝聞証拠は受け入れないはずだ。証人が必要だ。おれには証人がいない——」

「三人いたの」

エディは彼女を見つめた。

「三人」彼女は言った。「〈ハット〉にいたの」

「事件を目撃したのか？」

彼女は曖昧な笑みを浮かべた。「少しちがうわ」

「きみが、彼らにどう言えばいいかを教えたのか？」

彼女は頷いた。

事情がわかってきた。ウェイトレスはまずハリエットに話し、次に他の者を駆り集めるために早朝からドアベルを鳴らして歩いた、その奮闘ぶりが目に浮かんだ。全員が〈ハット〉に集められ、ウェイトレスが事の真相と対応策を話して聞かせる様子を思い浮かべた。まるで中隊長のようだ、彼は思った。

「回数を覚えていないくらい何度も繰り返したわ。今朝の七時半ごろ、あたしは彼らの用意が整ったと判断したの。それで、彼らが警察に行って証言をして、供述書にサインしたのよ」

「どんなふうに？　どう話したんだ？」

「裏の部屋の窓は好都合な角度だったわ。窓から斜めに見下ろすと、あの裏庭が見えるの」

「距離は大丈夫なのか？」

「まずまずね。だから、彼らは警察にこう話したの。床でクラップスをしていたら、階下《した》から騒ぎが聞こえてきた。勝負は盛り上がっていたし、大金を賭けていたから、最初は気に留めなかった。でも、そのうちに階下の騒ぎがひどくなった。そして、あなたがプラインを追って路地に飛び出したときのドアの閉まる音が聞こえた。彼らは窓に駆け寄って外に目をやった。ここまではいい？」

「つじつまは合う」彼は頷いた。

「彼らは、あなたがあたしに言ったとおりのことを、まるで実況放送みたいに話したのよ。あなたがナイフを捨てたことや、話し合おうとしたのにプラインが聞く耳を持たなかったこと、彼が狂ったようになって飛びかかったこと、ぜんぶ見ていたって警察に言ったの。それから、プラインがあなたにベア・ハグをかけたことと、あなたが殺されそうに見えたことも。そして、あなたがナイフをつかんで、逃れるために彼の腕を刺そうとしたら、ちょうどそのとき彼が動いたのでナイフが胸に刺さった、そう言ったのよ」

エディは彼女のうしろに目を向けた。「そういうことか？　本当に容疑が晴れたんだな？」

「完全に。警察は起訴を取りやめたわ」

「彼らはばくち打ちを捕まえたのか？」

「いいえ、悪態をついただけよ。警察は彼らを嘘つき呼ばわりして署から放り出したの。警察のやり方はわかってるでしょ。手柄にならないことはどうでもいいのよ」

エディはウェイトレスに目をやった。「どうやってここへ来たんだ？」

「車よ」

「あのシヴォレーか？」彼はまた顔を曇らせた。「きっと家主が――」

「大丈夫よ。今度は借りたから。二、三ドル渡したら、喜んでたわ」

「それを聞いて安心した」だが、彼はまだ顔を曇らせていた。彼は空き地の向こうに顔を向け、家を見つめた。二階の窓に目を凝らしていた。「車はどこだ」ぼそっと言った。

「向こうに置いてきたわ。森のなかよ。あなたの家族に見られたくなかったの。もし見つかったら、きっと面倒なことになると思ってね」

エディはまだ家を見つめていた。「もう面倒なことになっている。彼らに黙って家を出ることはできない」

「何で？」

「いや、何といっても――」

彼女はエディの腕を取った。「行きましょう」

「本当に、彼らに言わなくちゃ」

「彼らなんかくそ食らえよ」ウェイトレスはエディの腕を引っ張った。「さあ、お願い、ここから出るのよ」

「だめだ」彼は家に目を向けたまま呟いた。「まず、彼らに話してくる」

彼女は腕を引っ張りつづけた。「戻っちゃだめ。あそこは隠れ家よ。二人とも引きずり込まれて――」

「きみは来るな。ここで待ってろ」

「戻ってくる？」

エディは彼女に顔を向けた。「きっと戻ってくる」

ウェイトレスは彼の腕を放した。エディは空き地を突っ切って歩きはじめた。長くはかからないだろう、彼は思った。彼らに事情を話すだけだ。きっと理解してくれるだろう。心配することは何もない、ここは隠れ家のままだ、それは彼らもわかってくれるだろう。だが逆に、おまえはクリフトンの性格を知っているはずだ。彼のものの考え方、行動のしかた。ずばり、プロフェッショナルだ。プロフェッショナルは冒険をしない。ターリーはちがう。彼はもっとのんきな性格で融通がきく。クリフトンを納得させることができればいいが。だが、説き伏せようとしないことだ。他のことはともかく、彼を説得しようとしてはいけない。ただウェイトレスと出ていくことを伝えて、彼女が秘密を漏らさないことを請け合うんだ。それで、もし彼がノーと言ったら？　もし彼が外へ出て彼女を家に引きずり込み、監禁したら？　もしそうなったら、おれたちは何かしなければならない。たぶん、そんなことにはならないだろう。少なくとも、そう期待しよう。楽観していていいんだろうか。むろん、そのほうがいい。万事うまくいって銃を使う必要もない、そう自分に言い聞かせるためにも、物事の明るい面だけを考えるのはいいことだ。

空き地の中央を少し過ぎたあたりを、雪をかき分けながら急ぎ足で歩いていた。目指す裏口までは残り六十フィートほど、それが五十フィートになったとき、車の音が聞こえた。

顔を向けるより早く、エディは考えていた。あれはシヴォレーが立ち去る音じゃない。あれはビュイックが近づく音だ。

回れ右をして森の外れに視線を向けると、小道から淡いグリーンのビュイックが現われた。車は雪に阻まれ、ゆっくりと進んでくる。不意に車が傾き、タイヤがけたたましい音を立てて雪を撒き散らし、スピードを上げた。

二人は彼女をつけてきたんだ、エディは思った。フィラデルフィアから彼女をつけてきたんだ。バックミラーに映らないように距離を空けて。彼らに一点。これが大きな得点であることはまちがいない。もしかすると、完全優勝ということになるかもしれない。

フェザーとモーリスが車を降りた。モーリスが車を回ってフェザーのところへ行き、二人は立ち話をしていた。モーリスが家を指さし、フェザーは首を振っている。二人が家の正面を見据えているところをみると、エディはまだ気づかれていないようだ。だが、時間の問題だ、彼は思った。今度動いたら見つかってしまう。それに、今回は審議も予審もない。おまえはすでに削除リストに載っている、彼らは闇に葬ろうとするはずだ。

おまえに必要なものは、むろん隠れ場所だ。今はそれが役に立つ。あるいは短距離走者並みの脚だ、さもなければ、いっそ二枚の翼だ。だが、雪で何とかするしかないだろう。雪は充分深そうだ。

彼はしゃがみ込んだ。次に雪の上に腹這いになった。目の前は白い壁になっていた。手で雪を払って隙間を作り、そこから覗くとフェザーとモーリスがまだ車の横に立って言い合いをしていた。モーリスは相変わらず家を指さし、フェザーが首を横に振っている。モーリスが家に向かって歩きだすと、フェザーが引き戻した。二人は声高に話していたが、エディには何を話しているのかわからなかった。エディは、彼らとの距離を六十ヤードと踏んだ。

そして裏口からは十五ヤードのところにいる、彼は独り言を言った。試してみるか？　成功する可能性はあるが、モーリスのことを考えると見込みはあまりない。モーリスとその射撃の腕前について、クリフトンが言ったことは覚えているだろう。彼らがどう出るか、もう少し様子を見たほうがいい。

だが、彼女のことはどうする？　彼女のことを忘れていたのか？　いや、そういうわけではない、それはよくわかっているじゃないか。彼女が頭を働かせて今いるところから動かない、ということに確信があるのだ。動かずにいれば、彼女は大丈夫だ。

やがて、フェザーとモーリスが車から何かを取り出した。トミー・ガンだ。フェザーとモーリスは家に向かって歩きだした。

だが、そんなやり方をするものじゃない、エディは二人に向かって言った。ストレートになることを期待し、たった一枚のカードに全財産を賭けるようなものだ。あるいは、おまえたちが焦っているということかもしれない。長いこと待たされて、もはや待ちきれなくなっているだけなのかもしれない。理由はどうあれ、それは戦術上の誤り、さらに言えばくだらないまちがいだ。おまえたちもきっとすぐに気づくだろう。

本当にそう思うか？　彼は自分に問いかけた。彼らが負けるという確信があるのか？　もう一度考え直して準備したほうがいい。それは、ベッドで眠っているクリフトンとターリーのことだ。車が森から出てきたとき、彼らがその音で目を覚ましていればいいが。だが、それは希望に過ぎない、望むだけでは足りない。もし彼らが眠っているなら、おまえが起こさなくてはいけない。

すぐに行動しなければならない。今すぐだ。何といっても、裏口までたった十五ヤードしかないのだ。這っていけば、たぶん――いや、這うわけにはいかない。そんな時間はない。走らなくては。よし、走ろう。

エディは立ち上がり、裏口に向かって走りだした。五ヤードも行かないうちにトミー・ガンの銃声が聞こえ、二、三フィート離れた目の前の雪に穴が開いた。

だめだ、エディは自分に言った。おまえにはできっこない。撃たれたように見せかけたほうがいい。そう思ったときには、もう崩れ落ちるふりをして倒れていった。雪の上に落ちると回転して横向きになり、動かなくなった。

すると、別の銃声が聞こえた。二階の窓から放たれたものだ。目を上げると、銃身を切り詰めたショットガンを持ったクリフトンが見えた。すぐに、別の窓からターリーが姿を見せた。ターリーは二挺のレヴォルヴァを使っていた。

エディはにんまりした。よし、少なくとも目的は果たした。なんとか二人を起こすことができた。もうすっかり目が覚めただろう。すっかり目を覚まして活動中だ。

フェザーとモーリスは車に駆け戻った。フェザーは撃たれたらしく、足を引きずっている。モーリスは振り返り、ターリーの窓めがけて銃をぶっ放した。ターリーは片方の銃を取り落として肩に手をやり、屈み込んで視界から消えた。次にモーリスはクリフトンに狙いを定めて連射をはじめ、クリフトンは急いで物陰に隠れた。すべてがめまぐるしく動いている。フェザーは膝をついてビュイックのうしろに回り込み、それを楯にしていた。モーリスは家に近づき、また二階の窓に向けて発砲した。できるだけ多くの銃弾を撃ち込もうと、トミー・ガンを振り回している。家からの発砲は止んでいた。モーリスは二階の窓に銃弾を浴びせつづけた。フェザーが大声で呼ぶとモーリスは銃を下ろし、ビュイックに背を向けたまま近づいていった。彼はビュイックの横に立って窓を見上げた。トミー・ガンは下ろしたままだが、いつでも撃てる用意があるように見える。

しばらくすると、裏口のドアが開いてクリフトンが走り出てきた。小さな黒いスーツケースを下げている。彼は、薪小屋のそばに駐められたグレイのパッカードに駆け寄った。車のそばまで来ると、クリフトンが躓いてスーツケースが開き、数枚の札がこぼれ落ちた。クリフトンは屈み込んでそれを拾った。モーリスはこの出来事に気づかなかった。まだ二階の窓を見つめている。クリフトンはスーツケースの蓋を閉め、パッカードに乗り込んだ。つづいて裏口からターリーが出てきた。片手に銃身を切り詰めたショットガンとレヴォルヴァを持ち、もう一方の手で肩を押さえている。彼はクリフトンの待つパッカードに乗り込んだ。

エンジンがかかると、アクセルをいっぱいに踏み込まれたパッカードは家の裏から飛び出して大きな弧を描き、チェーンをつけたタイヤでがっちりと雪をつかみながら森に入る小道めがけて高速で空き地を突っ切った。モーリスはまたトミー・ガンを使ったが、いくぶん落ち着きを失って狙いを外した。タイヤを狙った弾は届かなかった。前のサイド・ウィンドウを狙った弾はうしろのサイド・ウィンドウに当たったった。フェザーがモーリスを怒鳴りつけると、モーリスは発砲をつづけながら走り去るパッカードに向かって走り出した。そして、かすれた声でパッカードに向かって叫びながらトンプソンを使ったが、もはや役に立たなかった。すっかり動転して狙いをつけることもできなかったのだ。

フェザーはビュイックの脇を通ってドアを開け、運転席に乗り込んだ。モーリスは足を止めたが、まだパッカードを撃ちつづけていた。パッカードからはターリーが身をのりだし、銃身を切り詰めたショットガンを使って撃ち返した。モーリスが大声を上げ、トンプソンを落として跳び回りはじめた。左腕がだらりと下がり、まっ赤になった手首の先から赤いしずくがしたたり落ちていた。彼は跳ね回りながら大声を上げていたが、やがて右手でレヴォルヴァを抜き、空き地を突っ切って小道に飛びこもうとするパッカードに発砲した。だが弾は大きく外れ、すでに小道に入っていたパッカードは走り去った。

フェザーがビュイックの後部座席のドアを開け、モーリスが乗り込んだ。ビュイックは急いで向きを変え、パッカードを追って小道に向かった。

エディは上体を起こした。顔を横に向けると、森の外れからウェイトレスが走り出てきた。彼女は空き地を突っ切って走ってくる。エディは彼女に手を振り、森に戻ってビュイックがいなくなるまで隠れているように伝えようとした。だがそのときはすでにビュイックがスピードを緩め、彼らがウェイトレスに気づいたことがわかった。

エディは上着のポケットに手を入れ、三八口径を取り出した。そしてウェイトレスに引き返すよう、もう一方の手で合図を送りつづけた。

ビュイックが動きを止めた。フェザーがウェイトレスに向けてトミー・ガンを発砲した。エディはやみくもにビュイックを撃った。何かを仕留めようと思ったわけではないので、狙いはつけられなかった。トミー・ガンをウェイトレスから引き離すことだけを考え、引き金を引きつづけた。四発目を発射すると、トミー・ガンが彼のいる方角に狙いを変えた。エディは弾が頭をかすめるのを感じ、トミー・ガンを引き留めようと五発目を発射した。

彼女の姿は見えなくなっていた。彼は全神経をビュイックに集中していた。トミー・ガンの発砲がやみ、ビュイックがまた動きだした。車はスピードを上げて小道へ向かい、エディは考えた、彼らの狙いはパッカードだ、パッカードを追うつもりなのだろう。追いつくだろうか？　そんなことはどうでもいい。おまえは考えたいとも思わないはずだ。考えなければならないのは彼女のことだ。なぜなら、彼女の姿が見えなくなったからだ。目を向けても、彼女が見えない。

彼女はどこにいる？　森のなかへ引き返したのか？　そう、そうにちがいない。森に駆け戻って、そこで待っているのだ。だから大丈夫だ。今すぐ彼女のところへ行けばいい。スズメバチがいなくなり、銃を捨てて彼女のところへ行けることがわかったのは素晴らしいことだ。

エディは三八口径を捨て、雪の上を歩きだした。はじめは急ぎ足だったがしだいに速度を緩め、やがてのろのろとした足取りで歩いていった。そして終いには足を止め、深い雪に半分埋れた物体に目を落とした。

彼女はうつぶせに倒れていた。傍らに跪いて声をかけたが、返事はなかった。そっと彼女を横向きにし、顔を覗き込んだ。額に二つの弾痕があった。エディはとっさに目をそらした。彼は目を堅く閉じ、首を振っていた。どこから か音が漏れてきたが、彼には聞こえなかった。エディは、自分がうめき声を上げていることに気づいていなかった。

彼はレナの傍らに跪いたまま、しばらくじっとしていた。やがて立ち上がり、森のなかへシヴォレーを捜しにいった。シヴォレーは小道のそばの木々のあいだに駐められていた。キーがイグニッションに差し込まれていたので、彼は車を空き地へ運んだ。そして、死体を後部座席に乗せた。届けなくてはならない、彼は思った。それは、届けなくてはならない小包と同じだった。

エディは彼女をベルヴィルへ運んだ。ベルヴィルでは、警察に三十二時間拘束された。途中で食事を出されたが、喉を通らなかった。取り調べの合間に私服刑事に付き添われ、パトカーで森のなかの家へ案内した。尋問にどう答えたのか自分でもよくわからないが、警察はその答えに満足したらしい。トミー・ガンの銃弾が空き地で発見されると、彼がベルヴィルで話したことが裏付けられたからだ。次に銃撃戦の原因を訊かれたが、エディは話すことはあまりないと答えた。これはその男たちとエディの兄弟との争いで、内容についてはよくわからないと言った。警察は厳しく責め立てたが、エディは「それに関しては役に立てない」と繰り返すばかりだった。それは言い逃れではなかった。自分でもよくわからなかったので本当に話せなかったのだ。彼ははるか遠いところにいた、彼にとっては問題ではない、何の意味もないことだった。

ベルヴィルへ戻ると、被害者の身元を確認できるかどうかを訊かれた。警察もいくつか問い合わせをしたが、身内も過去の勤め先の記録も見つからなかったという。エディはすでに話したことを繰り返した。つまり彼女はウェイトレスで、名前はレナというが名字はわからないということだ。警察は他に何か知らないかと尋ね、エディは知っているのはそれだけで、彼女が自分のことを話したことはないと答えた。彼らは肩をすくめ、二、三の書類にサインを求め、それが済むとエディを釈放した。警察署を出るとき、エディは彼女のフィラデルフィアの住所がわからないだろうかと訊いた。警察は下宿屋の住所を教えた。エディが住所さえ知らなかったことに、いささか驚いたようだった。エディがいなくなると、警官のひとりが言った。「彼女のことをほとんど知らないそうだが、だったら、何であんなに落ち込んでいるんだ？　ひどく落ち込んで、バカみたいになっている」

その日フィラデルフィアへ帰ると、エディはシヴォレーを持ち主に返してから自分の部屋へ戻った。無意識に窓のシェードを下ろし、ドアに鍵をかけた。洗面台で歯を磨き、髭を剃って髪を梳かした。まるで、来客があるので恥ずかしくない身なりをしたいと思っているようだった。清潔なシャツを着てネクタイを締め、ベッドの端に腰掛けて客を待った。

エディは長いこと待ちつづけた。時々眠りに落ちたが、廊下に足音が聞こえるたびに目を覚ました。だが、足音がドアに近づくことはなかった。

その夜遅く、ドアがノックされた。ドアを開けると、サンドイッチとカートン入りのコーヒーを手にしたクラリスが入ってきた。エディは礼を言い、腹は減っていないと言ったが、クラリスは包みを開けてエディの手にサンドイッチを押しつけた。腰を下ろしてエディが食べているのを眺めている。味がしなかったが、無理やり口に入れてコーヒーで飲み下した。クラリスはエディにタバコを渡し、自分にも一本火をつけると、二、三口吸ってから散歩に誘った。風に当たれば元気になるわ、と。

エディは首を振った。

クラリスは、少し眠るようにと言い残して部屋を出ていった。翌日、彼女はもっとたくさんの食べ物を持ってやって来た。食べ物を持ってきてはエディに食べさせようとする日が数日つづいた。五日目になると、無理強いされなくても食べられるようになった。だが、部屋の外に出ることは拒みつづけた。毎晩のようにクラリスは散歩に誘い、新鮮な空気を吸って運動をしたほうがいいと言ったが、エディはそのたびに首を振った。唇には笑みをたたえていたが、その目が放っておいてほしいと訴えていた。

それでもクラリスは、夜ごと散歩に誘いつづけた。やがて九日目の夜、エディは首を振る代わりに肩をすくめ、オーヴァーコートを着て外へ出た。

二人は通りを歩いていた。だが不意に、エディには、どこへ行こうという当てはなかった。エディには、暗闇の向こうにぼんやりとしたオレンジ色の光が見えた。それは、いくつか電球のなくなった電飾の看板だった。

エディは足を止めた。「あそこはだめだ。あそこへは行きたくない」

「どうして?」

「おれには用がない」彼は言った。「あそこへ行っても、おれにできることはないんだ」

クラリスはエディの腕を取り、看板のほうへ引っ張っていった。

二人は〈ハット〉に入っていった。店は混んでいた。テーブルは満席で、カウンターの前には三重、四重の人垣ができていた。いつもと同じ人込み、いつもと同じ騒がしい常連客、だが今は鳴りを潜めていた。聞こえるのは低い話し声だけだ。

〈ハット〉がこんなに静かなのはどうしてだろう? そう思っていると、カウンターのうしろにハリエットの姿があった。まっすぐにエディを見つめている。その顔には表情がなかった。人々が一斉に振り返り、エディに目を向けた。

ここを出よう、急いで出るんだ、彼は自分に言い聞かせた。だが、クラリスがしっかりとその腕をつかんでいた。彼女はエディの腕を引き、テーブルのあいだを通ってピアノに向かった。

「だめだ」エディは言った。「おれにはできない――」

「できないはずないわ!」クラリスはエディを引っ張った。彼女は無理やりエディを回転椅子に坐らせた。彼はじっと坐ったまま、鍵盤を見つめた。

ハリエットが声をかけた。「さあ、一曲聴かせてよ」

だが、おれには弾けない、エディは心のなかで言った。弾けないんだ。

「弾きなさいよ」ハリエットが怒鳴りつけた。「何のために給料を払ってると思ってるの？ みんな、音楽を聴きたいんだから」

カウンターから誰かが叫んだ。「やれよ、エディ。鍵盤を叩いてくれ。この店を活気づけてくれ」

他の者が早くはじめろと口をはさんだ。

クラリスが言った。「ねえ、弾いて。あなたには聴衆がいるのよ」

そして彼らは待っている、彼は考えた。彼らは毎晩ここへ来て待っている。

だが、おまえが彼らに与えられるものは何もない。与えられるものを持っていないのだ。

彼は目を閉じた。どこからか囁く声がする。やってみてよ。せめて、やってみてもいいでしょ。

やがて、音が聞こえてきた。その暖かく快い音はピアノからこぼれだしていた。素晴らしいピアノだ、彼は思った。いったい誰が弾いているんだ？

エディは目を開けた。彼の指が愛おしそうに鍵盤を撫でていた。

解説

ミステリ評論家
吉野　仁

「どうかピアニストを撃たないでください」――開拓時代、アメリカ西部の酒場には、こう書かれた紙が貼ってあったという。当時はピアニストを東部からわざわざ招いており、彼らは貴重な存在だったからだ。英国作家、オスカー・ワイルドが当時アメリカを旅行したとき、ある酒場にやはり同じ貼り紙を見たとの話を残している。禁酒法時代のスピーク・イージー（もぐり酒場）でもピアニストを撃ってはいけないと禁じられていたらしい。

デイヴィッド・グーディス『ピアニストを撃て』は、フランスで翻訳刊行されたとき、そんなエピソードを洒落でひっくり返してつけられたタイトルなのである。オリジナルは、*Down There* という題名で一九五六年フォーセット社の〈ゴールドメダルブックス〉の一冊として発表された長篇だ。

この『ピアニストを撃て』が、邦訳されるのは、もちろん今回が初めてである。にもかかわらず、おそらく日本でもっともよく知られたグーディス作品の題名ではないだろうか。ヌーヴェル・ヴァーグの巨匠、フランソワ・トリュフォー監督による映画化作品で知られているせいだ。たとえばジャズピアニスト山下洋輔のエッセー集『ピアニストを笑え』はもちろんこのタイトルをもじったものである。

フランソワ・トリュフォー映画については、山田宏一『フランソワ・トリュフォー映画読本』（平凡社）という、これ以上ない一冊があり、全作品について語られているほか、監督をはじめ関係者らへの貴重なインタビューが多数掲載されている。トリュフォーを知る最高の本だ。この本によると、最初にトリュフォー監督がグーディスの原作を知ったのは、トリュフォー夫人のマドレーヌ・モルゲンステルヌさんを通じてのことだったらしい。夫人が、たまたま本屋に入って〈セリ・ノワール〉のコーナーで『ピアニストを撃て』を衝動買いし、読んでみたところ、あまりにも素敵だった。さっそくトリュフォーにそれを話したという。さらにプロデューサーのピエール・ブロンベルジェがやはりこの小説を監督に薦めたのだ。そこで「大人は判ってくれない」でデビューしたトリュフォー監督の長篇第二作として、グーディスの原作が選ばれた次第である。

一九五〇年代後半のフランスではじまった〈新しい波《ヌーヴェル・ヴァーグ》〉と呼ばれる映画づくりの動きとハードボイルド小説や犯罪小説との関係に関しては、すでにいくつもの書物で指摘されている。多くの原作が〈セリ・ノワール〉に収録されたアメリカ人作家によるものだったのだ。トリュフォー監督によるアメリカ犯罪小説の映画化としては、ほかに「暗くなるまでこの恋を」の原作ウィリアム・アイリッシュ『暗闇へのワルツ』、そして「日曜日が待ち遠しい！」の原作チャールズ・ウィリアムズ『土曜を逃げろ』などがある。トリュフォー自身、〈セリ・ノワール〉の人気作家たち、アイリッシュ（ウールリッチ）、ウィリアムズ、そして最近日本でもようやく翻訳がすすんできたジム・トンプスンらを好んで読んできたのである。

そもそも世界的に知られるフランスの犯罪小説シリーズ〈セリ・ノワール〉叢書は、一九四五年の創刊からある時期まで、その大半がアメリカ作家で占められていた。しかも〈ゴールドメダル〉や〈デル〉〈ライオン〉など、もっぱらペイパーバックオリジナルで刊行された犯罪小説が主なラインナップだったのである。彼らは、その世界でフランスにおける人気作家だった。なかでもデイヴィッド・グーディスはトリュフォーをはじめとする映画監督たちに気に入られた書き手だったのだ。

現在市販されている「ピアニストを撃て」DVD版（日本ヘラルド映画）には、映像特典としてトリュフォー監督へのインタビューが収録されており、作品ならびに原作について興味深い話題がいくつも語られている。トリュフォーは、「ピアニストを撃て」アメリカ公開のプレミア・ショーのため一九六二年にニューヨークを訪れた際、原作者グーディスに会っているものの、ほとんど印象に残っていないと述べていた。

ともあれ、映画版「ピアニストを撃て」は、あくまでトリュフォー作品としてアレンジされている。原作には書かれていないシーンやふざけた調子の会話が挿入されていたり、ときおり突拍子もなくわき道にそれたり、監督による即興的なアイデアや演出が数多く盛りこまれているのだ。どうやらフィラデルフィアともパリとも特定されていない架空の街の物語のようである。それでも、こうしてグーディスによる原作を一読すると、基本的には小説どおりの設定やエピソードで出来あがっていることがわかる。

主人公は、〈ハリエッツ・ハット〉でピアノを演奏するエディことエドワード・ウェブスター・リン。十一月末のある金曜日の夜、演奏中のエディのいる酒場へ、兄のターリーが駆け込んできた。二人組の男から逃げてきたのだ。これがトラブルのはじまりだった。エディは酒場のウェイトレスであるレナと親しくなっていくものの、ある日、取り返しのつかない事件を起してしまった……。

はたしてこの作品を犯罪ものと呼んでいいのかと思うような話運びである。主人公が危機にさらされるという派手なサスペンスが次々に展開していくわけではない。むしろ通俗的なエピソードや悲劇的な恋愛模様が大半をしめているではないか。こうしたところが、グーディスらしいところかもしれない。『深夜特捜隊』『華麗なる大泥棒』そして〈ポケミス名画座〉の一作『狼は天使の匂い』同様、作者ならではの世界が見事に展開しているのである。

作者グーディスは、ノワール界のカルト作家ジム・トンプスン同様、本国ではほとんど評価されずにその生涯を閉じながらも、今日にいたるまでフランス人に偏愛された書き手である。処女作を含むすべての長篇がこれまで〈セリ・ノワール〉叢書ほかで紹介され、英語版が手にはいらない時期も刊行が続き、いまなお版を重ねている作品も少なくない。また、唯一の評伝 *Goodis: La Vie en Noir et Blanc*（八四 改訂版九八）の著者は、フランス人フィリップ・ガルニュイだ（ちなみにこの初版にはピアノを弾くグーディスの写真が表紙カヴァーに使われていた）。

かれは、いったいどのような経歴を経て来た作家なのか。なぜ今日にいたるまで、とくにフランスで絶大な人気を得ているのか。

デイヴィッド・グーディスは、一九一七年三月二日、ペンシルヴェニア州フィラデルフィアで生まれた。中流ユダヤ家庭で育ち、大学に入ったのち、フリーのジャーナリストになる。この頃からパルプ誌向けの短篇小説を書きはじめた。一九三九年、最初の長篇小説 *Retreat From Oblivion* をダットン社より発表。中国やスペインの戦争に反対するロマンスと背信を描いたヘミングウェイ調の物語だという。

その後ニューヨークに移り住み、当時全盛だった様々なパルプマガジンに犯罪小説をはじめ、戦争（空中戦）小説、スポーツ小説などの中短篇を発表した。一九四二年、数週間ロサンゼルスに滞在しユニバーサル

・ピクチャーズで映画の製作にたずさわる。

第二次大戦後の一九四六年、はじめての犯罪小説 *Dark Passage* を発表した。グーディスはワーナー・ブラザースと契約を結び、翌年この *Dark Passage* は、デルマー・デイヴィス監督、ハンフリー・ボガート、ローレン・バコールの主演により映画化された（邦題「潜行者」）。もう一作、彼の脚本で *The Unfaithful* が公開され、成功をおさめたといわれる。

映画の脚本家としての活躍はここまでで、その後は鳴かず飛ばずとなるのだ。だが、例のフォーセット社〈ゴールドメダルブックス〉から、ペイパーバックとしてのデビュー作 *Cassidy's Girl* を一九五一年に刊行したことで復活する。この作品は百万部以上のベストセラーとなり、以後かれはペイパーバックの書き手として活躍する。この *Cassidy's Girl* がのちのあらゆるグーディス作品の原型ともいえる物語なのだ。学生時代はフットボールのスターであり、戦争のヒーローであり、飛行機のパイロットだった男キャシディは、自ら操縦していた飛行機で事故を起しひとり生き残った。その罪の意識を背負うあまり、次第に転落していく。いまはバスの運転手をつとめながら、口が悪く乱暴な妻ミルドレッドに辟易していた矢先、堕天使のようでいて、しかしアル中の女ドリスと出会い惹かれていった……。

とりわけグーディス作品を特徴づけているのは、その主人公像である。みなアメリカン・ドリームの裏側を歩いている。『ピアニストを撃て』の主人公エディが、もとコンサートの演奏家が場末の酒場のピアノ弾きとなったように、人生の高みから転げるように転落していった者たちが主役なのだ。アメリカの作家ジェイムズ・サリスは、ハイムズ、トンプスン、グーディスというノワールの代表作家三人を俎上にあげた評論集 *Difficult Lives*（九三）のなかで、〝犠牲者、失敗者、落伍者、過去の人間たちの影〟にこれほど徹底した強迫観念をいだいている作家はあとにもさきにも存在しないというマイク・ウェリントンの言葉を引用していた（ミステリマガジン一九九六年十月号「モノトーンの生涯」）。

どこかシュールレアリスム風な感覚がうかがえるということでは、ジム・トンプスンと通じるものがある。しかしながら、むしろ作品に漂っているのは、『幻の女』などで知られるウィリアム・アイリッシュと同質の感覚である。繊細な感情や虚無に近い哀愁が感じられるのだ。おそらくグーディスは、追いつめられた男の悲痛な心情をことさら強調して物語っているのではないだろう。それが自然と行間から立ち上がってしまうのだ。あらゆるグーディス作品に共通する要素、すなわち「栄光からの転落」「袋小路の運命」「救いのない現実」とは、ある意味、実存主義的な認識といえる。人間の避けることのできない運命なのである。

ちょうど本作の後半で、人間の獣性について触れている箇所がある。エディは、長男の兄クリフトンから「お前は帰ってこなければならなかったんだ。おまえも同類なんだ、エディ。おれやターリーとな。同じ血が流れているんだ」エディは凶暴性について思う。

〈おれたちはそれをどこから受け継いだんだ？　父さんや母さんから受け継いだのではない。それは彼らを飛び越えてきたんだろう。ときにはそういうこともある。おそらくは百年か二百年、ことによると三百年の時を飛び越え、ふたたび現われたのだ。過去を調べてみれば、リンかウェブスターを名乗る者のなかに、問題を起したり、乱暴を働いたり、おれたちが今こうしているように身を隠したりしていた者がいるだろう。もし望むならそのことをバラードにしてもいい。気晴らしのためにな。ほんの気晴らしのためにだ。〉

さらにその直後、主人公は睡魔に襲われるなか、愛するウェイトレスのことを考えながらも〈これは頭で考えるのとはちがう。考えることとは無関係なのだ〉と語っている。

グーディスは、このジャンルの古典名作ジェイムズ・M・ケイン『郵便配達夫はいつも二度ベルを鳴らす』（ハヤカワ・ミステリ文庫）と同じように、心の奥に潜む恐怖や欲望、それらが生みだす状況とその不可抗力ともいえる避けがたい運命を描いているのだ。そしてジム・トンプスン『内なる殺人者』（河出文庫）のように、動物としての人間が抱える凶暴性や理性ではコントロールできない無意識（超自我）の力を明らかに意識して書き込んでいる。

それでもなお、人間らしい尊厳や感受性を失わず生きようともがく者たちの姿を、あくまで非情にとらえている。すなわち主人公に同情したり寄り添ったりせず突き放しているのだ。これが暗黒の人生だと。大衆の気晴らしのために読まれるペイパーバックながら、ドラマチックな犯罪物語のなかにこうした哲学的な認識を潜ませており、そこがフランス人の深い共感を呼び続けているのではないだろうか。当然、どこまでも楽天主義なアメリカ人には理解されがたい部分なのかもしれない。もしくは本書の科白を引用すると、〝いつも天気の良いところに住んでいる連中〟の心には、残念ながら届かないのだろう。

大恐慌時代に少年期をすごし、ハリウッドで失意の日々を味わい、結婚に失敗したのち、黒人のナイトクラブを徘徊し、黒人女性とつきあい、晩年は被害妄想を抱き自ら精神病院に入院した。とことん内気で世渡りの下手な男、それがグーディスだった。本作の書きだし、「街灯もなく、あたりはまっ暗だった」"There were no street lamps, no lights at all."とは、すなわちグーディスの人生観そのものではないか。

トリュフォー監督は、ヌーヴェル・ヴァーグの精神を生かし物語に多くの即興や遊びを入れ架空の幻想世界に近づけた映像を撮りながら、人物とその暗黒の行方に容赦はしなかった。だが、そこからモノトーンの陰影が際立ち、哀切なリリシズムが生まれていった。それがある種の読者が持つ繊細な感性に訴えかけるのだ。

この物語では、つねに雪におおわれた夜の街が描かれている。ちょうどそれは白鍵と黒鍵から成るピアノのメタファーでもあるのだろう。まさにグーディス小説のメイン・テーマではないか。純白と漆黒の狭間に空いた底なしの深淵へ堕ちることだけが定めの男。唯一、残ったのは指先に宿る旋律のみ。心をゆさぶるメロディーが行間から聞こえてくるようだ。

HAYAKAWA POCKET MYSTERY BOOKS No. 1751

真《ま》崎《さき》義《よし》博《ひろ》

1947年生　明治大学英文科卒
英米文学翻訳家
訳書
『バイク・ガールと野郎ども』ダニエル・チャヴァリア
『探偵はいつも憂鬱』スティーヴ・オリヴァー
『ホッグ連続殺人』ウィリアム・L・デアンドリア
『狼は天使の匂い』デイヴィッド・グーディス
（以上早川書房刊）他多数

この本の型は，縦18.4センチ，横10.6センチのポケット・ブック判です.

検印
廃止

〔ピアニストを撃《う》て〕

2004年5月10日印刷　2004年5月15日発行

著　者　デイヴィッド・グーディス
訳　者　真崎義博
発行者　早川浩
印刷所　星野精版印刷株式会社
表紙印刷　大平舎美術印刷
製本所　株式会社川島製本所

発行所　株式会社　早川書房
東京都千代田区神田多町2ノ2
電話　03-3252-3111（大代表）
振替　00160-3-47799
http://www.hayakawa-online.co.jp

〔乱丁・落丁本は小社制作部宛お送り下さい
送料小社負担にてお取りかえいたします〕

ISBN4-15-001751-4 C0297
Printed and bound in Japan

ハヤカワ・ミステリ〈話題作〉

1738 死者との対話　レジナルド・ヒル　秋津知子訳

〈ダルジール警視シリーズ〉短篇小説コンテストに寄せられた、殺人現場を描いた風変りな作品。そして、現実にその通りの事件が！

1739 らせん階段　エセル・リナ・ホワイト　山本俊子訳

〈ポケミス名画座〉孤立した屋敷で働く若い家政婦に迫る連続殺人鬼の影。三度にわたって映画化されたゴシック・サスペンスの傑作

1740 007／赤い刺青の男　レイモンド・ベンスン　小林浩子訳

JAL機内で西ナイル熱に酷似した症状の女性が急死した。細菌テロか？　緊急サミット開催の日本へジェイムズ・ボンドが急行する

1741 殺人犯はわが子なり　レックス・スタウト　大沢みなみ訳

11年前に失踪した息子を見つけてほしい――老資産家の依頼を受けたネロ・ウルフだが、捜し当てた息子は、殺人容疑で公判中だった

1742 でぶのオリーの原稿　エド・マクベイン　山本　博訳

〈87分署シリーズ〉市長選の有力候補者が狙撃された。全市を揺るがす重大事件を担当するオリー刑事だが、彼の関心は別のところに